Qing Qing Guo

青青果

璩静斋／著

中国文史出版社

图书在版编目（CIP）数据

青青果 / 璩静斋著. -- 北京：中国文史出版社，
2016.7

ISBN 978-7-5034-7921-2

Ⅰ. ①青… Ⅱ. ①璩… Ⅲ. ①长篇小说—中国—当代
Ⅳ. ①I247.5

中国版本图书馆CIP数据核字（2016）第167393号

责任编辑：程 凤

出版发行：**中国文史出版社**

网　　址：www.chinawenshi.net

社　　址：北京市西城区太平桥大街23号 邮编：100811

电　　话：010-66173572 66168268 66192736（发行部）

传　　真：010-66192703

印　　装：廊坊市海涛印刷有限公司

经　　销：全国新华书店

开　　本：880×1230　1/32

印　　张：5.5

字　　数：110千字

版　　次：2016年9月北京第1版

印　　次：2016年9月第1次印刷

定　　价：22.00元

目　录

1. 名字

我叫万卡，这是一个有点像外族人的名字。

我隐约记得，我上幼儿园小班的时候，我姑姑万新带着我看过一本名叫《万卡》的连环画，连环画是黑白色的，里面的主人公就叫万卡，可惜除了记得这么个名字，连环画的内容一点也不记得了。

我讨厌万卡这个名字，听见有人身前身后地叫万卡万卡，那声音真是刺耳，让人心房上不免生出霉花来。我由此对给我起名字的人很有意见，怎么给我起了这么一个难听的名字呢？

照理说，大人们给自家的孩子起名字，应该是很讲究的。名字就是一个人的招牌，一个人名字听起来响当当，能给人留下深刻的印象。我曾经听过一个叫满天星的故事，故事的主人公名字就叫满天星。虽然那是我上幼儿园大班的时候我姑姑给我讲的，但至今我还记得一清二楚，不因为别的原因，就是因为满天星的名字响得很，我一下子就给记住了。

你再来看看我们班上的同学，听听他们的名字，比如柳甫、皮鲁、黎明德、高凡响、姜则天、曹耀祖、常畅，哪一个名字不都叫得那么亮？你再来了解了解他们名字的来历，哪一个名字不是他们家大人花心思起的呢？

柳甫的爸爸因为喜欢唐代大诗人杜甫，所以喊儿子为柳甫。

柳甫说他爸爸年轻时是个文学青年，仰慕杜甫的诗才，喜欢写点歪诗，可惜他爸爸天资不足，写出来的诗跟《红楼梦》里的那个薛蟠写的诗一样没雅味。当时柳甫神气十足地对他爸爸的诗评头评足，我不免起了点疑心，我说，柳甫，你看过你爸爸年轻时写的诗？你看过薛蟠写的诗？柳甫甩甩脑袋，说那还用看吗？猜都猜得出来。我真是无话可说啦，瞧瞧柳甫这小子！他爸爸希望他这个做儿子的能有杜甫那样的诗才，才叫他柳甫呢，嘿嘿，怕要白寄托啦！

皮鲁之所以叫皮鲁，是因为他爸爸姓皮，他妈妈姓鲁；还有一个原因，他爸爸是个颇有童心的人，业余时间经常看一个叫皮皮鲁的系列童话故事，比较喜欢童话里那个叫皮皮鲁的小男孩，这个小男孩学习不突出但天真而又顽皮，活泼可爱，还喜欢搞点小发明。他爸爸原先也打算将儿子叫做皮皮鲁，遭到家里其他人的一致反对，他爷爷的话最具权威性，说皮皮鲁听得多别扭，还不如叫皮鲁响脆呢。皮鲁的名字就这样被叫开了。

黎明德的名字来历就更有深意啦。名字是他姥爷起的。他姥爷退休之前是个大学教授，喜欢读古书，推崇古人讲的那套圣明的道德。有一本古书叫《礼记》，书中有一篇文章叫《大学》，文中有这样的句子："大学之道，在明明德，在亲民，在止于至善。"他姥爷就从书中取"明德"作为外孙的名字。无怪乎黎明德一说起自己的名字，总有几分自豪，说他的名字是他姥爷从古人那里借的。他还当着我们的面，背诵"大学之道"那几句，再用大白话给我们解释一下：大学的宗旨在于弘扬圣明的道德，在于亲近民众，在于使人达到最完善的道德境界。第一次听他背诵解释"大学之道"，我们还真觉得他有两下子，后来再听他老是宣讲自己名字的来历，就觉得他是有点在显摆。

高凡响的名字是高凡响爸爸取的。高凡响从来不说自己名字是怎么来的。不过，他不说，别人也能猜得出，他的名字大概出自"不同凡响"这个词。如果叫成"高不成凡响"，似乎不太好，因为有点不伦不类，毕竟咱们汉族人的姓名多半是两个字或三个字，也有一些复姓是带四个字的，即便有五个字的，那也是很稀少——兴许就是为了标新立异；还有呢，"高不成凡响"听起来也很不顺耳。名字要叫得顺，叫得响才行。于是他爸爸索性取“不同凡响”中的“凡响”二字，配上“高”姓，叫“高凡响”，唔，也还响亮！

姜则天的名字，让人一听，马上会想起唐朝的武则天来。没错，姜则天这个名字的确跟“武则天”大有关系。姜则天那年过八十八的老太奶特别钦佩唐朝的武则天，说武则天这个女子啊，真真确确比男人还要厉害一百倍。人家是男的当皇帝，她呢？是女的当皇帝，我国历史上第一位女皇帝！要多厉害就有多厉害！你想，过去那个封建专制时代，都是男人说了算啦，轮到她，非得给扭了过来，就得她这个女子说了算！你看，别的不说，单就找伴儿这一点，人家男皇帝娶标致女娃，她这个女皇帝也招漂亮男娃。姜太奶对自己的孙子孙媳妇提议说，干脆将小囡囡取名为则天得啦。姜太奶这个提议得到姜则天父母的一致认可，则天，则天，这名号确实响当当！

姜则天似乎也真应了那名字，有意效仿地底下沉睡千年的武则天，说话做事都显出比男生还要威武的样子，一旦跟男生发生纠葛，她必定死缠烂打，非得让男生对她服输，她才肯罢手。她时常在班上渲染被她太奶挂在嘴上的那句“老古话”：自古以来，这个世上就信这个道道——都是鸡蛋怕碰石头，石头怕碰铁千斤，哼！说白了，就是软的怕硬的，硬的怕拼命的！我们男生视她为班上“头号母夜叉”，能不招惹她，就尽量不招惹。问题是，这个姜则天爱管闲事，本来跟她无关的事，她偏要逞能，上来横插一竿子，典型的没事找事的主儿。不过，也奇怪得很，就这样一个姜则天，在班上的人缘却不差，尤其是女生，都喜欢跟她一起扎堆，有女同胞说姜则天敢作敢当，索性直呼她为“女汉子”，姜则天听了甚感得意。

常畅和曹耀祖等人的名字来历相对比较简单。常畅的妈妈希望女儿生活常常舒畅，所以将女儿叫成常畅。曹耀祖的姥姥巴望着孙女日后能有所发达，光宗耀祖，故而将孙女取名叫耀祖。

不只班上同学的名字各有来历，就连我们英语老师（兼任班主任）的名字，也是别有一番味道的，叫甄梦露。

柳甫对甄梦露的名字非常有兴趣,他说他私下花费了整整一周的时间，总算挖掘到甄梦露这个名字的版本源流。

柳甫神秘兮兮地向我透露：我们英语老师的妈妈年轻时是个三流演员，非常崇拜美国著名艳星玛丽莲•梦露，很喜欢美国梦露演的那些电影，她自己也想演那样的电影，可是她又没有机会演，后来索性改行，开起了“梦露酒吧”。她就将希望寄托在我们英语老师的身上，将我们英语老师喊为梦露，是真（甄）梦露呢，不是假梦露。柳甫说这些话的时候，不时地笑，是那种典型的皮笑肉不笑。

柳甫的话我从来不敢相信，这小子向来喜欢编话。我禁不住拦腰斩断他的话头：“你又在胡编乱造，小心你的舌头！”

他变得一本正经起来，表白似的说：“真的，不骗你。骗你是孙子！”

我很不屑地说：“你自己数数，你当了多少回孙子了！恐怕连你自己都数不过来，也有可能你记不清你当了多少回孙子了！”

柳甫攥了攥拳头，做出一副气愤的模样，说：“万卡，你小子说话怎么越来越损呢！这真不是我胡编乱造，这是我表姑说的。甄梦露的妈是我表姑的表婶。”

我冷笑一声，说：“天知道你表姑是谁？你表姑的表婶又是谁？我连她们的魂儿都没见过！”

柳甫击了击肥厚的手掌，叹了一口气说：“算了，算了！跟你小子说话，真是有些没劲！说话本来就是想乐呵乐呵的嘛，弄那么正经干吗呢？”

我转身离去，不想再跟他磨嘴皮了。

甄梦露老师最初给我们上英语课那阵，柳甫不时地要跟我私聊她的名字，尤其是趁着甄老师让我们同学之间练习英语对话的时候，他就转过背来，压低声音跟我闲扯，说梦露梦露，梦中的玉露，这名字怎么听起来那么有诗意呢？

我不想背地里议论老师的名字，总觉得我们当学生的私底下议论人家甄梦露老师，有点不礼貌。我小声告诫柳甫："别说啦，叫甄老师听见了，会不高兴的。"

恰巧甄老师朝我们这边走过来，柳甫这才改口，装模作样地念起英语。

一下课，柳甫又婆婆妈妈地找我说老师的名字，我超级厌烦，懒得搭理他。

柳甫便将话题扯到他新近看到的一本书上，"哎，我说万卡，昨天我在书摊上看到一本叫《说到做到》的小说，是一个叫梦露的人写的。"他似乎想起什么，"我倒是听过那么一耳朵，你姑姑是写小说的，笔名好像也叫梦露？"

诚如柳甫所说，我姑姑的笔名的确叫梦露，《说到做到》就是她写的。我姑姑玩文字已经玩了二十来年。她写的小说我没怎么看过，——倒不是我不想看，而是我姑姑似乎不大愿意我看，说她的书主要是写给成年男女看的，等我上大学的时候看她的书比较合适。我姑姑的书算是比较畅销的，多半排在书摊上最显赫的位置。

我为我有这样一个作家姑姑感到骄傲。不过，我很少在柳甫面前提我的作家姑姑；因为柳甫这小子是不喜欢看小说的，对写小说的人向来态度不恭，大加贬损，连鲁迅——被我们语文老师百般抬举的大文豪也被他一个劲贬损。他说学语文最烦的就是学鲁迅，又枯燥又无味。鲁迅的一篇本来毫不起眼的小文章，哇噻！到了我们的语文老师那儿，要被翻过来覆过去地抠挖，抠这个字眼的丰富涵义，挖那个词语的精妙用法，还要大讲特讲它思想内容的深刻性，比如讲什么揭示国民的劣根性啦，讲什么对黑暗社会的战斗性啦，叫人听了脑袋胀耳朵疼。说着说着，他会宣扬这样一种论调：大凡作家们写的东西多半是瞎掰，然后又被我们语文老师添点油加点醋地胡说乱侃，就成了所谓的文学经典。

柳甫说起梦露时扯到我姑姑，我没怎么吭气。我要是吭气说那就是我姑姑，他没准又扯着我姑姑胡贬一通。他贬鲁迅倒不太关我的事，因为我跟鲁迅没直接关系，我充其量是被老师带着读鲁迅作品的一个小读者。他要是贬我姑姑，我可是老大不乐意！我的亲姑姑怎么能被他乱贬呢！贬我的姑姑等于在贬我！

柳甫不知道我的这种心理，他倒是想问个究竟，“万卡，你姑姑真叫梦露，写畅销书的？”

我懒洋洋地说：“是，又怎么样？”我预想着柳甫要是贬我姑姑我该怎么回击他。

没想到柳甫并没有贬我姑姑的意思，而是显出一副钦佩的神情，“我爸爸说，写畅销书能赚很多钱呢。”他耸耸鼻子，凑近我，带着羡慕的口气说：“你姑姑一定赚了不少钱吧？”

我颇自豪地点头，“那当然！”斜眼看着他，“怎么？你也想写书赚钱？”

“我哪有那本事啊。”他搔搔头，若有所思起来，“我真是有点不明白，你姑姑为什么也叫梦露？梦露这名号究竟有什么魅力？怎么会有那么多的人喜欢叫梦露呢？”

在我看来，追究名号问题没什么意义，就如同追究太阳为什么非要东升西落一样没意义。要是最初人们说太阳是西升东落的，行不行呢？我想肯定也是行的。约定俗成嘛。柳甫这小子脑瓜真笨，他不懂得这个浅显的道理，还在一个劲地追究梦露这个名号问题，我懒得呼应。

柳甫拍拍我肩膀，“嘿，哥们，想什么心思？我问你呢！你不知道你姑姑为什么叫梦露，你该知道你自己为什么叫万卡吧？”他又扯到他自己的名字上来，“我就知道我为什么叫柳甫，那是因为我老爸是唐代老杜甫的粉丝，他硬是将人家老杜甫改姓柳了，将这个不伦不类的名字安到他儿子头上。”他咂咂嘴，“你老爸为什么叫你万卡呢？”

我不愿意跟柳甫谈论自己的名字。我说：“这有什么可说的？名字就是名字嘛，随口起的那么一个。”

其实，我最初也不大知晓自己名字的真正来历。万达将我叫成万卡，是出于一种什么意图？他从来没有说过，我也没有去问。我曾一度揣摩着，万达大概是希望他的儿子在商业社会成为万能的一卡通，到哪里都吃香。我出生那年有没有这样万能的一卡通呢？大概有吧。

后来从我奶奶那里才得知，“万卡”这个名字并不是万达的发明，而是我妈妈秦非可的杜撰。

十几年前，当我还在娘胎里使劲儿长着的时候，万达就决定要为未来叫他爸爸的小人儿起个响亮的名字。如果小人儿性别是女，就叫她“曌”。“曌”是当年那个威风八面的女皇武则天给自己造的字，日月当空照，多有气派！小人儿叫万曌，响当当的一个名字。如果小人儿性别是男，那叫他什么呢？

万达最初想将儿子取名为万里，鹏程万里，这名字比较大气，可是叫万里的人不少，这名儿不稀贵，不太好。叫万金，一辈子富有，倒也有点意思，不过，这名字有些俗气，弄不好还容易被别人跟“万金油”扯到一起，那听起来就有点别扭了。万达想来想去，想不出让自己满意的名字，干脆拿出新华字典，查字寻词，他不厌其烦地将字典从头往后逐页翻看，他一定要给儿子取一个响脆又有意义的名字。

秦非可在一旁看着万达在字典里勤翻乱找，有些不高兴，她觉得万达真是有些无聊，就那么一个小小名字，有必要那样费劲吗?她一点不在乎什么名字，说白了，名字不过是个代号，代号起得特殊一点就行，就像她自己的名字，当初她爸叫她秦小敏，真是俗不可耐，叫小敏的人这个世界上有一大堆。

秦非可最耿耿于怀的是同名曾经带给她的精神伤害。

曾有一个叫秦小敏的女人犯了事，冒充高干之女到处招摇撞骗，骗取巨额财产，被受害人告上了法庭。秦小敏的大名上了当地的各大报纸。最初她的身边就有不少人疑心是她这个秦小敏。

她这个人死要面子，一气之下，上派出所管户口的那儿将名字改了。本来改名并不是那么容易的事情，因为派出所管户口的是她姐夫的姐夫，她也就没费多少工夫将名字改了过来，改叫“秦非可”。

现在有几个女人叫秦非可的？好像没有吧？即便有，也是凤毛麟角。她说，这种凤毛麟角的名字就是一个好代号。

她对自己肚子里的孩子叫什么，也不想费任何心思，她的原则是别人不叫的名字才是好名号，她随口为她肚子里的孩子溜出一个名号：万卡。

万达很不喜欢秦非可起的名字，叫什么名字不好，非得叫什么卡？说起来拗口，听起来别扭！他为这个名字跟秦非可交涉了一番，没有结果。秦非可是一个不轻易拐弯的女人，某事一旦认准了，就非这样不可。于是，“万卡”就这么地一路被叫了下来。

2. 姨

我爸爸万达是个生意人。我到现在也不知道他具体做的是什么生意，因为我对他的生意从来不感兴趣，也从来不去过问。他很少在家里待。我不喜欢我爸爸这样。

尹雪敏好像很欣赏我爸爸忙碌。她说："现在有一种新说法，经常给自己出差的人是商界成功人士的一种标识呢。"尹雪敏说话时，手一直抚摩着她怀里穿淡蓝色丝绸衫的波斯猫——她管它叫"王妃"。她的这话是紧跟着我的电话牢骚来的。

万达已有四个多月没有在他花一千万盘下的复式新居现身。我每次找他，他的手机都占着线。这回好不容易打通了，传过来的声音类似唐老鸭，一点不悦耳，"你的零花钱我已经给你打到卡里去了。有事跟你姨说。我现在忙得很。有空我打（电话）回去。"

我一反常态地吼道："你成天忙，忙，忙！你就是有空，你也不想着打个电话回来！你心里根本就没有我！"

其实我不过是白吼，忙人万达在说完他的几句话后就挂机了。我摔了电话机，愤愤地说："讨厌！"

尹雪敏是我的姨。她冲我笑笑，"你讨厌你爸爸？你爸爸也不容易呀，成天在外奔波，很辛苦的。"

我没吭声。尹雪敏也就没再吭声，她倒了一杯葡萄汁，搁在我的面前，以一种长辈特有的宽厚口吻说："你有什么事？能不能跟姨说说呢？"

我说："没什么事。"

她有点怀疑地看着我，“真的没事吗？”

我垂着眼皮说：“真的没事。”

她点点头说：“那就好。”

我给万达打电话是真的没有什么特别紧要的事，我只是有点想他，想跟他说说话而已。

明天又要开家长会了。柳甫那梳着大背头的爸爸每次都雄赳赳地来参加家长会，他的坐骑是一辆颇有气派的黑色小轿车。可我爸爸万达从来没有在家长会上露过面，坐在家长席上的总是我姨尹雪敏。

我倒是有点羡慕柳甫，柳甫爸爸也是个生意人，他也很忙，但对柳甫读书总是那么重视。我还从柳甫那里知道，柳甫爸爸时常教育柳甫要好好念书。他还不时拿自己当反面教材教育儿子，说他年轻时候没好好念书，他这辈子吃的就是没好好念书的亏。他的那些同学有几个书念得好的，都爬到官场上当大官去了，那官当得多舒服啊，要什么有什么，人前人后都是个人物，巴结逢迎他们的人多得去了。虽说现在政府也在反官场腐败，当官多少有点风险，但精明的官花心思在地下隐密地捞好处，谁查他们去呢？反正当大官就是好！唉，他柳大春就不同了，小平头老百姓一个，想要什么就得自己辛辛苦苦费着脑子去挣，虽说现在开个小公司，说不定哪天不走运，来一场经济危机，他的公司就有被挤垮掉的危险。

柳甫爸爸推心置腹地教导儿子，要求柳甫一定要从他身上吸取教训，认真读书。遗憾的是，柳甫对什么都感兴趣，就是对念书不感兴趣，这让柳甫爸爸非常恼火。

我曾经跟柳甫发过我爸爸的牢骚，我说我爸爸一点不像你爸爸，我爸爸好像钻到钱窟窿里去了，成天就想着赚钱，对我的学习一点也不关心，开家长会他从来没有参加过。柳甫对此有些鄙视，他咧咧嘴巴说：“万卡，你小子有出息没出息啊？家长会不开，才他妈的好呢！你还计较谁参加谁没参加！每次家长会一开，我老爸回去都少不了吐我唾沫星子！”

尹雪敏不会像柳甫的爸爸那样，她（开完家长会）回家不会朝我吐唾沫星子，而是以比平时更温和的语气跟我说话，以比我的班主任还要耐心十倍的态度对我进行谆谆诱导。她的诱导总离不了一个中心要点：一代总是要胜过一代的。作为万达的儿子，你应该胜过万达。要想胜过你爸爸万达，你现在就应该好好学习，为你将来打好基础。

我不大爱听她的这些话。“一代总是要胜过一代”之类的话我奶奶在世时就时常唠叨。我不知道尹雪敏怎么也学起我奶奶来了。我奶奶说话，我要是感到厌烦，我就会大声嚷着制止：“别说了，别说了，烦死人了！”我奶奶不会计较我的厌烦，她顶多嗔笑道：“你这孩子，怎么能这样跟奶奶说话呢？”

如果我对尹雪敏也像当初对我奶奶那样嚷嚷，那情景就有些不同了。姨尹雪敏会脸色发青，眼眶里装满眼泪，几天都会不大说话。不过，她还是会一如既往地给我做好吃的饭菜，在我每天早上去学校时，往我的书包塞进一些她亲手做的点心，嘱咐我路上小心。姨尹雪敏努力扮演一个慈母的角色。

我不是一点不懂事的孩子，我也能感觉到姨尹雪敏对我的好。不过，这种感觉是一点一点积累起来的。

老实说，我最初一点不喜欢尹雪敏，这主要受我妈妈秦非可的影响。秦非可老在电话里跟我说，姓尹的臭女人是狐狸精！我没有亲眼见过狐狸精，只是从画书里认识了狐狸，狐狸不是好东西，很狡猾，喜欢害人，而狐狸精是由最狡猾的狐狸变成的。尹雪敏是狐狸精，我怎么可以喜欢她？但我爸爸喜欢这个狐狸精，还将她带到家里来，跟她睡在一张床上，让她填补我妈妈秦非可原本占据的位子。

我跟狐狸精第一次正式见面，是由我爸爸万达安排的。那次我们在一个叫“天府之国”的川菜馆里聚餐。后来我才知道，狐狸精尹雪敏是成都人，上“天府之国”吃饭也合着她的心意，她想让我尝尝她的家乡菜。

我吃得并不高兴，倒不是菜不合我的口味，而是我爸爸要我喊眼前这个一袭蓝裙的女人为妈。我怎么能将她喊成妈？秦非可才是我妈。尽管那时秦非可已经跑到美国念什么学位去了，但在我的印象中，秦非可还是我的妈。就算万达朝我吹胡子瞪眼，我也不会胡乱地喊妈。我七岁了，怎么说也不是一岁两岁的小毛孩，鉴别谁是自己亲妈谁不是自己亲妈的能力还是有的。

万达对我生气的时候，尹雪敏抿抿嘴唇说：“不要为难孩子嘛，他喊我什么，由他自己好啦。”她微笑着往我面前的盘子里夹了一块水煮鱼，看着我吃，凑近我的耳边问：“万卡，好吃吗？”我闷着脸点点头。她有点高兴，又给我夹了一块，“你觉得好吃，你就多吃点啊。我也会做这道菜，以后我就经常做给你吃，好不好？”

一个七岁的孩子是很在意吃的，尤其在意吃自己喜欢的东西。她的声音又是那么的轻柔，我忍不住抬眼看了看她，她的目光很温和。

那一刻，我有点怀疑我妈妈秦非可当初说的一些话，这个女的真是狐狸精吗？狐狸精会让人看着这么舒服吗？

后来我叫她姨，她也很乐意接受。

尹雪敏入住我们家的头一年，秦非可的越洋电话不时地打来。头一次我有点惊奇，我妈妈秦非可说话，怎么也变得跟尹雪敏一样轻柔了？她说：“万卡，妈妈很想你，你知道不知道？你想妈妈吗？”

我没有说话，说实在的，我并不怎么想我妈妈。我妈妈的声调就有点变了，“万卡，你不想你妈妈吗？”我嘟哝着说：“妈妈，我困了，我想睡觉。”她有点凄凄地叫了一声：“万卡，你怎么连你亲妈都不想了呢？”之后每次电话她就恢复当初尖硬的声调，向我灌输狐狸精的害处。

有一次，我爸爸知道是秦非可的电话，很生气，抓过话筒吼道：

“秦非可，你有完没完？你还嫌没折腾够是不是？当初你不要儿子，现在又来教唆儿子！你的良心叫狗吃了？……秦非可，我警告你，不准你再骚扰我们！”他就将话筒摔了，忿忿地对我说：“万卡，不要听她的话，她不是好人！”我没有作声。他又问：“你说，姨对你好不好？”

我不喜欢我爸爸那咄咄逼人的语气，没有立刻点头。我爸爸有点火了，说话的腔调提高了八度，像是在逼问：“你说，姨到底好不好？！”我垂了头，更不肯回答他的问题。

尹雪敏过来了，制止万达的怨气，“你看你，对万卡动不动就发火，不要这样，好不好嘛？你干吗又为难万卡呢？你看你，发什么脾气嘛！怪吓人的。”她摸摸我的头说：“万卡，动画片到了，来看吧。”

我倒是很想看动画片，准备挪步时，瞥见我爸爸依然满脸怒气，我也就没敢动。尹雪敏看出我的心思，转过脸轻声劝我爸爸，“万卡还是一个孩子，孩子是有自尊心的。你还是好好跟他说嘛，让他看看动画片，好吧？”

万达看了我一眼，深深地叹了一口气，怒色稍有缓解，“万卡，姨让你去看动画片，你就去看。看完动画片，就做作业。”

尹雪敏马上笑着对万达说：“你还不知道吧？万卡的作业早就做好啦。”

万达有些不相信，说：“是吗？”他的语气明显地平和了一些。

我的心情好多了，接过万达的话头说：“是的，爸爸。我一回家就将作业做好了。”

万达脸色一下子由阴转晴，开始微笑着对我点头，“放学回来先完成作业。这是个好习惯，以后要保持。听到没有？”

我马上应声，“嗯，爸爸，我听到了。”

“万卡是个听话的好孩子。”尹雪敏爱怜地摸摸我的头，舒心地笑了，从果盘里拿了一个苹果，拿去皮机快速削去苹果外皮，递给我，“来，万卡，吃个苹果。苹果是个好东西。有句顺口溜，叫‘一天一个苹果，医生不来找我。’每天都要吃一个苹果，你就不会生病呢。”

我心里暖暖的，接过姨递过来的苹果。一边看动画，一边吃苹果，感觉很爽。

更让人开心的是，姨尹雪敏不但陪我看动画片，她还建议我爸爸万达也坐下陪我一起看动画片。

我早早就完成作业的好习惯一定让我爸爸万达心情大好，他才会听从姨的建议，在我身旁坐了下来，陪我一起看完动画片。

其实，说起来，我的好习惯也是姨帮我养成的。

我每天放学回家，尹雪敏总是提醒我先做作业，然后再做自己喜欢做的事，好好玩一玩。她常常陪我一起玩，比如一起看动画片，下跳棋，出去扔扔小皮球。尹雪敏总是想办法让我过得愉快。

在我的记忆中，尹雪敏比我亲生母亲秦非可要温柔可亲得多。同样的一件事，搁在秦非可那里跟搁在尹雪敏那里，会是完全不同的两种情景。

我有流鼻血的毛病，又偏偏对血敏感。每次流鼻血，整个屋子里充斥着我的大呼小叫，惹得秦非可很不愉快，她的眉宇间皱出了好多尾小银鱼。她瞪着我，训斥说："万卡，你不要乱叫唤，好不好？你妈小时候鼻子也经常流血，从来不像你这样大惊小怪的！"

她将我拽到卫生间，拿着湿毛巾给我擦鼻子，手忙活，嘴也在忙活："你这孩子，自从一出世，就让人不省心，不是这毛病就是那毛病！你看你，弄得衣服上全是血，我跟你说过多少遍，鼻子流血要昂着头，你总不长记性！"她将叠起来的湿毛巾敷在我的额头上，拿卫生棉球塞在我流血的那个鼻孔里，要我仰着脖子，到沙发上躺着，直到鼻子不再流血。

我到客厅的沙发上躺着，委屈万分。天花板那纯银般的白刺激我的眼睛，我的泪就像白色的小棉毛虫，呼啦一下子从眼角鱼贯而下。我哭的样子又让秦非可生了气："又哭又哭！一个男孩子，动不动就哭鼻子，有出息没出息？！"

尹雪敏就不会像秦非可那样，我要是流鼻血，她会有些惊骇：

鼻子怎么流血呢？她会手忙脚乱地拿纸巾帮我轻轻擦鼻血，拿湿巾敷我的额头。等血稍稍住了，她就送我上医院，弄回一堆治鼻血的药，还拿红糖炒鸽子肉给我吃，说这样可以治鼻子流血。等到后来，她无意中发现一种快速止鼻血的物理方法，那就是将冷冻的满瓶矿泉水搁在我脖子后的大动脉处，鼻血瞬间就能止住。

姨尹雪敏非常在乎我的感受，秦非可不重视的事在她那里，都会被当作头等大事来抓。在一个时常受冷落的孩子眼里，突然受到大人的重视，多少是感到有些惊喜的。我为此渐渐喜欢姨尹雪敏。

我上小学时，我姨为了很好地照顾我，基本没上班，在家当全职太太。等到我上初中，她就跟我爸爸提出来要上上班，说万卡也渐渐大了，她有些闲散，她不能再这么成天窝在家里，日子久了，她会窝出病来的。她得找属于自己的那份事做做。她原是个服装设计师，征得我爸爸的同意，她就在我们小区里开了一个服装店，取名“依依如新”，店面不大，但很有品位。店里的服装都是她自己设计出来的，由她信任的裁缝定做。我身上的所有衣服基本上都是我姨设计的。每次人家说我的衣服真漂亮，问我的衣服是谁买的，我就很自豪地说是我姨做的。人家会很惊讶，夸奖我姨的手真巧，我很高兴，就像自己得了夸奖一样。

姨在我的心目中是有一定威信的。有时她也有点絮叨，絮叨一些我不愿意听的话，但我还是竭力听着。我不想惹姨不高兴，特别不想看见她哭。这个时候，我就将她当成我的老师，老师说话，学生能顶牛吗？最好乖乖地听着。

3. 甄梦露

在所有教我的老师当中，我最喜欢英语老师兼班主任甄梦露。

甄梦露是S大英语系毕业生，虽然个头不是特别高，也就中等的样子，但她很青春，也很时尚。她一应聘到我们学校当老师，就开始担任我们初二（二）班的英语老师，同时兼当我们班的班主任。她是我们班上最具有视觉号召力的女老师，她那新潮的发型，新潮的服饰，乃至新潮的动作表情，都受我们班上一些追风赶潮的女生的热捧，女生们都喜欢以她为楷模。

甄梦露第一次出现在我们面前时的样子，我至今还记忆犹新。她穿着亮黄色的套裙，上衣无袖，低领，后背开露，而且刚刚卡腰，下面的裙子齐膝。

说老实话，在我们的印象中，还没有哪位女老师敢穿着这样简洁的衣服进教室。

甄梦露在教室一亮相，马上引起一阵小小的骚动，有喊哦耶的，有说哇噻的。我什么也没喊，只是瞪着眼睛看。旁边的柳甫呢，在那里做一副深沉相，下意识地摸下巴，眯缝着细眼，关注着讲台上这位时尚小姐模样的新老师。

甄梦露面带微笑，在讲台上站定，开了口——那声音也很好听，跟鸣翠柳的黄鹂一样清脆婉转，“大家好！天气很热，是吧？”

是！七嘴八舌一片应和声。

待大家安静下来，姿态优雅的甄梦露讲了很多话。她说大家要注意防暑哟。多喝水，多吃水果，尽可能穿凉快一点的衣服。她还扯到她当学生时的一些感受，她说那时她希望跟老师做朋友，可是老师成天板着脸，根本不给人一点好颜色看。轮到她现在做老师，她就真心希望跟大家做朋友。古人说“教学相长”，教与学是相互促进的，她要和大家共同学习，共同进步。……

我们都饶有兴趣地听着。真的，还没有哪位新老师一上来，就跟我们讲这些话，因为这些跟我们英语课的教学内容似乎是不搭界的。

接下来，甄梦露说：“忘了向你们做自我介绍啦，我叫甄梦露。”她边说边在黑板上写下她的姓名，那字写得也很娟秀。她还特意将她的姓圈了一下，“我的这个‘甄’姓，算不得大姓，大家可能对它不太熟悉。我这里不妨给大家介绍一下。‘甄’这个字的本意是什么呢？在古代是指做瓦器或者说制陶器的人，所以这个字的右半边是‘瓦’，表明我的这个姓确实与瓦器有关联。”

我们还是第一次听老师讲自己的姓氏，所以听得很有兴味。甄梦露自己也讲得兴味盎然，“大家看过曹雪芹的《红楼梦》吧？那里面有个著名的贾宝玉，大家都知道的对不对？大家知道书中还有另一个宝玉吗？”她有意停顿了一下，朝我们环顾了一下，“有哪位同学知道？”

我暑假到南方我姑姑那里待过一段时间，在我姑姑的指导下断断续续看过一点《红楼梦》，看的不是很懂，但还是知道书中有一个甄宝玉，有一个贾宝玉。我姑姑说，其实曹雪芹是想谐音“真宝玉”“假宝玉”的，甄宝玉是比较现实的形象，贾宝玉是比较接近理想的形象。姑姑说的这些我有点懵懂。不过眼下我颇自豪，因为班上还没有哪位同学对甄老师的问话有反应，我前后左右看了看，举起了手，“老师，我知道，那书中还有一个甄宝玉。跟您是一个姓。”

“很好！”甄梦露鼓起掌，大家也跟着鼓掌。我的小小的虚荣心得到了满足。甄梦露说：“这个甄宝玉呢，也是个贵族公子，大家记住喽，这个甄宝玉跟我是本家哦。”大家忍不住笑起来。

她笑笑接着说："我是S大英语系应届毕业生。从现在开始，我就身兼两职啦，你们的英语课教学和班主任管理工作，都由我来负责。"

她让我们大家逐个做自我介绍。她大概预先对我们的名字做过一番研究。比如，我说我叫万卡，她马上接过来说："这名字好，万能的一卡通。"柳甫一介绍完，她说："啊，我知道，你是柳家的小杜甫呢。"常畅自我介绍一结束，她笑笑说："生活常常舒畅，真好。"高凡响一做自我介绍，她点头说："凡响啊，的确不同凡响，说话文里文气的，人长得也有诗意。"

课堂上时不时地爆发出大家的笑声。

接下来自我介绍的是姜则天。姜则天挺胸收腹，站姿颇有嫩模风范，她声音清亮，像在大会上作汇报一样："老师好！同学们好！我叫姜则天！"

柳甫在旁边小声嘀咕说，嘿，跟老师介绍就完了，还假模假样地跟同学介绍，谁不知道你叫姜则天呢？

姜则天大概听见了柳甫的嘀咕，偏头朝姜则天瞪了一眼。

姜则天瞪柳甫的动作表情被甄梦露看在眼里，她微笑着接茬说："则天，则天，这名字有气魄啊！"

"对！"姜则天马上接过甄梦露的话头，继续说："我这名字是我太奶奶起的，因为我太奶奶最崇拜我国历史上第一位女皇帝武则天，她说武则天虽然是个女流之辈，但比男人还要有魄力和风范。……"

姜则天的自我介绍有点啰唆，我们大家听了都有点不耐烦了，甄梦露始终微笑着听完姜则天的自我介绍，带头响亮地鼓掌，"好，巾帼不让须眉。有志做个响当当的女汉子，很好！"

最后一个做自我介绍的同学是坐在教室最后排的曹耀祖。曹耀祖性情有点孤僻，平素总是很少说话，她不大情愿地站起来，声音小得像蚊子在哼。甄梦露笑盈盈地说："哦，长得很有气质啊，声音能不能大点呢？也让声音有点气质好不好？”曹耀祖分明地受到鼓励，声音大了点：“我叫曹耀祖。”只说了一句，就不肯再说了。

甄梦露看曹耀祖局促不安的样子，也就笑笑说：“耀祖，耀祖，这名字也很响！好，请坐。我们以后慢慢互相了解。”

随后，甄梦露就学习方面的事对大家提了些建议，“我像你们这样年岁的时候，也是一名中学生。我现在就以我过来人的身份，来跟大家分享一下我当中学生时的学习经验和心得。”甄梦露说着，有意停了一下，微笑着朝全班环视了一下。

姜则天带头鼓起掌来。甄梦露笑着点头，“谢谢大家的掌声！我觉得，学习不是难事，要养成良好的学习习惯。比如每一节课前要按老师的要求好好预习，课堂认真听讲，积极思考，踊跃发言；课后要及时复习，认真完成家庭作业。学习的每个环节都把握好，你会觉得学习其实也是一件快乐的事。”

甄梦露的这些话其实也不新鲜，其他各科老师也都说过，也经常对我们强调，我们听归听，也未必当回事，因为那些老师基本上都以高高在上的姿态要求我们必须这样做，特别是语文老师马艳丽还在班上强制要求过，我们内心上并不喜欢老师的高姿态。但甄梦露跟其他老师们不太一样，她给我们提建议，采用一种推心置腹的方式，她说她的建议都是她以前当学生的经验之谈，绝对有效果，这样让我们听起来，有一种亲切感。

甄梦露还对我们提了一个建议，“我希望大家什么时候做什么事。比如玩的时候就痛痛快快地玩，学习的时候一定要踏踏实实地学习。良好的习惯和专注的态度非常重要，它们往往决定一个人能不能取得大的成就。”

她还特别提到，她当学生时有一个切身的体会，学英语不能死抠语法，不能一味死背单词，要将单词放在句子中来学习，来记忆，这样记得会很牢固，而且还会运用。她说我们中国人学英语往往带有很浓的中国腔，老外听我们说中国式英语，会觉得很好笑的。大家要想学一口地道的英语，就要多接触原版英文，多看，多听，多说。她还建议我们课余时间可以多听听英文原版歌曲，多看看美国原版电影大片，这也能有效地提高英语水平。尤其让大家兴奋的是，她准备每天课前十分钟给我们播放非常经典的英语电影片段。

不知不觉中，下课的铃声响了。甄梦露笑着说："啊，你们看我，扯白扯了一节课呢，大家下课休息吧。"

这第一节课下来，我们的英语教材一页都没翻开，不过，谁也不否认，这位年轻的女老师很亲切，上她的课没有任何心理负担。

后来的事实证明确实如此。在所有的课程中，我们上英语课最感到轻松，而且收效最大。甄梦露总是变换着花样上课，她像一个有经验的年轻女导演，将每节课都导得有声有色，上她的课，想打瞌睡都很难。不看别人，就看柳甫，以前上课时他不是蔫不唧儿地昏昏欲睡，就是偷偷地玩手机。可是在甄梦露的英语课上，他始终能保持亢奋状态，瞪着两眼专注听课，积极发言。不能不说这是一个小小的奇迹。

第二次上英语课，我们的甄梦露老师穿了件崭新的亮蓝色的蕾丝连衣裙，款款地走进教室，看上去，她有一种说不出的高雅气质，本来闹哄哄的教室一下子就安静下来。姜则天跟班上其他几个高个子女生平时都爱打扮，她们的目光始终没离开过甄老师的连衣裙，课下她们还不停地谈论甄老师的新裙子。

"嘿，你觉得老师的那裙子怎么样？"

"好看得很。"

"哪儿有卖的？"

"找老师问问？"

"问老师？不太好吧？学生应该问老师学习上的事。"

"嗯，好像是有点不太好。"

聊着聊着，姜则天就发话了："这有什么不好的？"

“要么你去问？则天，你胆儿大！”

“好，我去问！”

姜则天真的就跑到办公室找甄梦露老师问了。不过，姜则天看到办公室还有几位其他老师，还是转了一下脑子，没有直接问裙子上哪儿买的问题，而是先假装着问甄老师“蕾丝连衣裙”用英文怎么说，然后再夸甄老师的裙子真漂亮，说：“甄老师，有同学想问老师您这裙子在哪买的？”

甄梦露笑了笑，“有同学这么感兴趣吗？”

“对呀，很感兴趣！不瞒您说，我也感兴趣呢。”

甄梦露稍微有点迟疑，说：“我觉得吧，你们学生还是穿出你们学生的风格，是不是更好一点呢？”

“甄老师，我们学生不就是要穿得清纯一点吗？”姜则天嘻嘻笑了，“我听我妈妈就是这么说的。”她指指甄梦露老师的裙子，“我们就觉得您穿得很清纯，所以就很羡慕啦！”

甄梦露撩了一下额前的秀发，轻轻咬了咬嘴唇，“哦，是这样子的呀。我清纯吗？”

“您当然清纯啦！我们都觉得您比现在很多电影明星都要清纯，她们都化着浓妆，您好像还不太爱化妆。”姜则天语速极快，她没有意识到，自己这样公然在集体办公室拍甄老师的“马屁”，让甄老师有点不自在。

甄梦露微笑着，伸出食指，朝姜则天轻轻摇了摇，示意姜则天不要再说了。

她将姜则天带出办公室，她拍拍个头比她矮不了多少的姜则天，用温婉的口吻说：“则天啊，对你们学生来说，这裙子有点贵呢。不过呢，你们真要感兴趣，老师也不反对你们去商场看看。”

姜则天连连点头。

甄梦露随口将商场地址告诉姜则天。“现在商场正在做活动，打折比较厉害，你们几个同学一起去买的话，也还划得来。还有啊，你们裙子样式上肯定跟老师撞衫啊，颜色上可千万不要一样喽。”

“放心吧，甄老师。嘻嘻，肯定不会的。”

“你们玩的时候好好玩，学习的时候也还是要抓紧的哟！好啦，快要上课了。赶紧回教室吧。”

姜则天欢天喜地地应声而去。

没过几天，以姜则天为代表的女生时尚团就纷纷穿上蕾丝连衣裙，只是那连衣裙的颜色不大一样而已，有粉色的、黄色的、红色的，一个个在我们男生面前晃来晃去的，招眼得很。

4. 寻找“梦露酒吧”

柳甫对我们的甄梦露老师特别感兴趣。别的同学叫甄梦露甄老师，他偏偏喊梦露老师。这小子还特别热衷于搜罗甄梦露老师的各种信息。

我清楚地记得，那个星期日上午，我上超市买文具，出来时撞见柳甫。

我不奇怪，我跟柳甫住在同一个小区，我们俩见面总是习以为常的。只是这个柳甫，也许是男性荷尔蒙分泌超常旺盛，他永远都是那么兴奋。就我们俩平常得不能再平常的碰面，也被他搞得非比寻常。他那惊喜的样子，倒像是多年没见面的朋友意外重逢，他夸张地张开双臂，拥抱我，“我还想着去找你呢。这就见上了！”

他那股亲热劲实在让人感觉醋溜醋溜的。我扳开他的手，说：“天气还没转凉，搂着我，臊不臊？”他觍着脸说：“嗐，瞧你那小样！人家那是喜欢你。”

这话我听了无数遍，每听一遍，就有一种恶心感，我忍不住拿恶语攻他，“我不搞同性恋。”

他摊开双手，一副无限遗憾的样子，“可悲呀，可叹呀，你我之间原本纯洁伟大的友谊，因为你的浅薄无知，受到极其严重的亵渎！你说，应该怎么弥补？”

“行了！别再假装啦！我只有几颗大牙，别让它们都给你笑掉了！”我转身要走。柳甫拉住我，“万卡，你难道不想听听我们英语老师的逸闻？”

“你那猪嘴里，能吐出象牙来？”不屑归不屑，我的脚步却是不由自主地放慢了。其实，我对甄梦露老师也感兴趣。我倒要听听，这个柳甫究竟得到甄梦露老师的什么逸闻。

这回柳甫告诉我的是有关甄梦露男朋友的情况。“甄梦露的男朋友是搞音乐的，拉大提琴。人长得呢，细皮嫩肉的，梳着根细辫子，背后看上去，你准以为他是从哪家院里走出来的一个身段苗条的妞。”

“人家是不是妞，关你什么事？”

柳甫冲我一摆手，“不要打岔，听我说嘛！你知道他是什么时候跟甄梦露黏糊到一起的吗？中学念书时他们就黏糊到一起啦。”

“哼，连这个你都能打听到？”我带着嘲讽，“你都快赶上娱乐圈狗仔队里的狗仔了！”

柳甫一脸自得，“怎么样？还行吧？”

我不大明白他的话，“什么行不行的？”

“都说中学恋爱短命，他们可是颠覆了这个说法的。”

我干笑，“你小子说这些，是不是想效仿人家呀？”

“如果天赐良缘，那又何尝不可呢？”他扬扬头，眯眼瞅着天空，故作沉醉状。

我看着他那造作的样子，有点好笑，就挖苦说：“好啦，你就好好数数天上的云朵，等着天赐良缘吧。我该回家了。拜拜！”

他忙转身拽住我，说：“哎，万卡，别走嘛！我还没说完呢。你知道不知道？甄梦露男朋友在她妈开的‘梦露酒吧’里服务呢。”

“那又怎么样？”

“想不想去看看？”

我点指着他的脑袋，“你脑子进水了？我们能去那样的地方吗？”

柳甫一咧嘴，“你脑子才进水呢！怎么不能去那里？有钱票子，哪里都可以进的！你懂不懂？钱票子就是通行证。”

他说的这话还真不假。钱票子有时的确就是通行证。上回我们从一家网吧旁边经过。那网吧名叫“成人网吧”。柳甫一瞅那牌子，就不以为然，“什么成人网吧？糊弄谁呢！”我说：“既然牌子这么写，未成年人肯定不让进。”柳甫说：“什么未成年人不让进？我非得要进去瞧瞧。”他搂着我的肩，大摇大摆地往里走。马上有保安过来拦路，“请出示证件。”柳甫满脸堆笑，“大哥，请行个方便。我们证件丢了。现在有急事，上网查点资料。”他将钱包掏出来，朝保安晃晃，疾步走到总台，将钱包押给总台的女服务员，腻歪歪地叫声“姐姐”，将刚才对保安说过的谎话又说了一遍。女服务员瞅瞅钱包，瞅瞅他，又看看我，也就没说什么话，朝我们点点头，放行了。柳甫颇为得意，回头还笑嘻嘻地冲保安举举手，那保安也朝他举举手，他们弄得跟熟络的哥们一样。

柳甫坚持要去“梦露酒吧”。我说：“要去你去！我可不想凑热闹。”柳甫使出一贯伎俩，一把箍住我的脖子，说：“哎呀，万卡，你我做了这么多年的哥们。我做什么，怎么能丢下你呢？去吧。我们又不喝酒，就是上那里转转。”

我依然不乐意，哪儿不能转，干吗非得去那里？我这人呢，性子也真是有点软，说不想去，最终还是屈从于柳甫的死皮赖脸，跟着他坐车，去什么“梦露酒吧”看甄梦露男朋友。我姨尹雪敏要是知道了，准会委婉地批评我们无聊。唉，我们确实也有些无聊！

一路上，我猜想着，说不准在那里能碰见我们的英语老师。她穿着露背装，脚上颠着尖头子的细高跟鞋，在那里帮她妈招徕客人呢。她见了我们，会说什么呢？

也许她笑脸相迎，对我们说：“两位，喝点什么？”哈，如果真是这样，那太有意思了！也许她不会这么说的，毕竟我们是她的学生。

也许她会开玩笑说：“你们来啦，干吗呢？打短工，挣小费吗？”

也许她一脸严肃地看看我们，便将我们晾在一边，只顾招徕别的客人。

……

我正胡乱猜测着我们到“梦露酒吧”可能遭遇的情景，手机响了，来了一条短信，我看了看，短信是高凡响发来的：“亲爱的，我想约你去看音乐会。你有时间吗？”

我周末经常会收到高凡响邀我出去玩的短信，他每次发短信总是称我为“亲爱的”。我也无所谓，同学之间开点小玩笑，总比装作一本正经要让人放松。我对高凡响回了一个短信：“呵呵，没工夫呵。我跟柳甫一起出去有事。”

高凡响的短信又来了，是一个哭丧样的卡通脸。

我的手机快没电了，为了不让高凡响太扫兴，我赶紧给他发了一个咧嘴笑的卡通脸：“下回找时间，好吧？”高凡响马上回复一个笑脸：“好的，亲爱的！”

我收起手机，扭头看看车窗外。马路两边的树和建筑物一溜儿快速反向倒去，我知道，这是人们常说的参照物。树和建筑物其实是不动的，相对于我们坐的公交车，它们是在动了。

这样一说，我的“参照物”呢，该是柳甫。我安静地坐着，他也显得比较安静。他一旁挂着耳机，微闭着眼，在听他的“周天王”，一脸沉醉的表情。

虽然柳甫的喉管一张开，发出的声音像生锈的锅铁嘶哑粗沉，但他出奇地喜欢音乐，弄了把吉他，一有机会就在那里拨弄。自娱自乐嘛，这倒也没什么，关键是他喜欢在大庭广众之下显摆，那吉他弹得如同拉锯，不成调，不悦耳，那歌声更不用说，音色糟糕姑且不论，最大的问题是五音不全。我曾直言不讳地劝他，别再给自己丢脸了。他嘻嘻哈哈地说，丢脸？丢什么脸？我想唱，我就唱啦。我想弹，我就弹啦。如果这也叫丢脸的话，人索性都改名叫丢脸好了，还要叫什么人呢？

周天王是柳甫的音乐偶像，他称周天王为哥们，跟人一开口，就说我家周哥怎么怎么地酷呀，帅呀的。以我的审美观点，周天王根本谈不上帅，那小眼睛尤其不好看。我们俩曾为周天王到底帅不帅的问题争得脸红脖子粗，最后还是我自己觉得没意思，懒得再跟他争。柳甫自视赢了，很高兴，买来两瓶果汁，他一瓶，塞给我一瓶。我也不客气，拧开瓶盖喝起来。喝着喝着，我们两人又在一起嘻哈如初。

车一站又一站地过，我碰碰身旁的柳甫，提醒说：“是不是该到了？”柳甫这才摘下耳机，看看窗外，猛地一拍腿，“嘿！还真的！过了一站！”

我盯着这个大块头的伙伴，有点无可奈何，他到底是有点缺脑子。

下车。往回倒坐一站，再下车。向前走了一段路，柳甫站住了，半晌没动。我问：“怎么了？”

他前后左右张望，表情十分惊讶，“奇怪了！”

我说：“那酒吧呢？”

“原来就是这儿呀。”

顺着他指的方向，我展眼一瞧，那店前挂着醒目的牌子：“成人保健”。我真是气不打一处来，“你生拉死拽地要我来，就是为看这个？！”

“哎，你听我说嘛。”柳甫摊开双手，一副很无辜的样子。

我坚决不听柳甫解释，蔑视了他一眼，忿忿地哼了哼鼻子，兀自往车站走去。

柳甫追过来，“哎，哥们，你别发火。我哪知道这么快就改了呀？这不能怪我呀！”

“不怪你怪谁？难道还怪我不成？”

“我不是那意思嘛！”

“反正，你以后说什么，我要再信你，我就将‘万’字倒着写！”

“哥们，说归说。你生气嘛，我理解。我知道，要不是我拽你出来，你这会儿大概正舒舒服服地躺在沙发上，吃着点心，喝着果茶，看着你喜欢的科教频道，是吧？”柳甫这小子有一个特点，你和颜悦色时，他会像个蟒蛇精一样死皮赖脸地缠着你，但你要真的一发火，跟他翻脸，他马上就软下来了，对你讨好卖乖。这不，他为了哄我高兴，提出请我上馆子里搓一顿，算是对他失算的一个惩罚。

我的肚子的确也饿了，柳甫一提下馆子，我自然求之不得。正好前面有一家川菜馆，我们就进去吃火锅。

火锅麻辣麻辣的，吃得人浑身热烘烘的，吃到后来，因为太麻辣，我们俩吃得眼泪和鼻涕都快下来了，嘴唇红溜得像涂了鲜艳的口红。

我拿餐巾纸擦擦眼，揩揩鼻子，对柳甫说：“不能再吃了，吃得满肚子都是火气。我的脸上肯定又要长痘痘了。”

柳甫一吸鼻子，那快流下来的鼻涕马上又缩了回去，“吃顿麻辣火锅就长痘痘？你就那么娇气吗？”

“什么娇气不娇气的！”我有点不以为然，“太麻辣的东西吃着就是烧胃。其实我最喜欢吃涮涮小火锅，那种清汤锅底的，配上牛肉片或羊肉片，选个蔬菜鸡蛋大虾拼盘，蘸着芝麻酱吃，嘿，味道好极了！主食还可以来点烧饼或手工面，吃得可真是清爽！价钱也不贵。上次我跟我姨两个人一起吃，也就花了60块钱。我姨还说了，涮涮小火锅最大的好处就是各种荤素搭配，现涮现吃，干净、营养，比麦当劳、肯德基那些洋快餐吃着叫人放心。”

柳甫点头说：“你说的那种涮涮小火锅确实不错，我们下回去吃。”

“好。”我积极响应，“下回我请你吧。”

“嘿，谁请谁，还不都一样？这点小钱，哥们我还是掏得起的。”

“要不，AA制也行。”

“瞧你，几十块钱，还搞什么AA制？你不嫌寒碜啊？”

“这有什么啊？西方人都喜欢搞AA制。”

“可我们这是在中国。咱们中国人在一起吃顿饭，乐呵乐呵，大家还分着付钱？那不令人扫兴吗？”

我们俩说话大声大炸的，旁边有个模样清秀的女孩不时地瞅着我们，分明对我们的谈话很感兴趣。

我们吃过之后，柳甫抹抹嘴，结了账，离开餐馆，他还回头冲那女孩友好地笑了一笑，说：“再见啦！”那女孩也报以一笑，朝柳甫轻轻摇摇手，表示再见。

出了餐馆，我问柳甫：“你们俩认识？”

柳甫说：“不认识。”

“看你跟她那亲切劲，我还以为你们关系好着呢。”

“你太狭隘了吧？陌生人就不能打打招呼？我爸爸说，天下再怎么大，个人的世界却是很小的。见面的都算是朋友。我爸爸说得也很有道理，两个陌生人，只要能相见，就是一种缘分。彼此打个招呼，给对方留个好印象。有什么不好呢？再说，一回生，二回熟。下回要是再见面，不就认识了？”

柳甫说的倒也是。我点头表示赞同。

柳甫盯着馆子匾额上“川菜馆”那几个字，有点不甘地说：“这顿饭应该由甄梦露付账。谁叫她妈搬家也不打声招呼？”

我觉得有点好笑，“谁叫你带我来之前，不跟她联系好？你要是联系好了，不但我们不会跑错地方，而且人家甄老师和她妈肯定还会站在大门前迎接我们的。”

柳甫一摆手，“行了行了，别再说啦。这回算是我准备工作没做到位。”我笑着摇头。

5. 施舍·受训

我跟着柳甫寻找"梦露酒吧"未果，在川菜馆吃过火锅，就和柳甫坐公交车打道回府。

在公交站附近的人行道旁，看见这样一副凄惨的情景：一个穿着脏兮兮、蓬头垢面的小伙子跪在道旁，像小鸡啄米一样不时叩头，他旁边的地上有一床灰土土的褥子，褥子裹着一个昏睡的老人，老人头发花白，脸色蜡黄。

这样的情景我并不陌生，我曾经跟我姨一起上商场购物的时候就见过类似的情景，不过，当时在街道旁磕头的是一个白发苍苍的老奶奶，躺在地上的是一个脸色潮红的孩子。我朝老奶奶和孩子扫了一眼，就从他们身旁走过去了。我姨却在他们跟前停了下来，并且将我叫了过去。

姨从包里掏出钱夹，拿了一张10元的票子，要我将票子放到老奶奶面前的旧搪瓷碗里。我照姨说的去做了。我们继续朝前走。姨轻轻叹了口气，边走边对我说："万卡，如果有一天，我和你爸爸都没钱了，你也没钱花了，像老奶奶那样流落街头，你会是什么感受呢？"

我从来没有想到我哪一天会没钱花，姨的这个问题问得有点突然。我想我要真是没钱花，那是很惨的。姨似乎看出我的心思，说："万卡，每个人都不能保证自己没有可怜的时候，以后你要是碰到像老奶奶这样的可怜人，你不能视而不见，你也要给她一点钱，哪怕一元钱也好，也能让她买两个馒头填填肚子。……别人需要你帮助的时候你帮助了别人，在你需要别人帮助的时候，别人也会帮助你的。所以，帮助别人其实也是在帮助你自己。”我当时虽然听得似懂非懂，但这件事给我留下很深的印象。

想起姨曾经说过的话，眼前的情景我不能视而不见。当柳甫若无其事地从一旁走过去时，我在叩头的小伙子面前停下来，从口袋里掏出一元钱，搁在小伙子身旁那敞口的旧包里。

柳甫只顾朝前走。

我小跑着赶上他，很不高兴地说：“柳甫，你怎么这样呢！”

“我怎么啦？我走我的路，有问题吗？”柳甫有点不以为然地看着我，“你干吗给他钱？”

“你没看见他们多可怜啊？”

“谁知道他们是真可怜还是假可怜！”

“你这话是什么意思？可怜还分真假？”

“现在就有人假装可怜骗钱。你看那小伙子，没一点毛病吧？他可以自己想办法挣钱去啊，跪在大街上向人讨钱，算哪门子事啊？我就瞧不起这种人！”他白了我一眼，“可你倒好，还给他钱！”

我被柳甫说得很不得劲儿，我本来做好事，到他那里，反倒落了个不是。我得压压他那不着调的神气，我朝他翻了翻眼说：“你自己不乐意帮助别人也就罢了，还不乐意我帮助别人！我姨说了，帮助别人等于帮助自己。你能保证，你任何时候都不需要别人的帮助？”

我这么一说，柳甫脸上有些挂不住了，“哎，哥们，我得声明一下，我可不是不愿意助人为乐，我是不愿意帮助那种假装可怜的人。”

“你怎么知道人家是假装可怜啊？再说了，就算人家假装可怜，也没多大的事，不就给一元钱嘛。我明确地跟你说吧，我今天要是不给他钱，我心里就有些不踏实。”

“喂，哥们，你这样说，我可不赞成。你没有必要将钱给假装可怜的人，因为那种人利用大家的同情心来骗钱。你这样做，无疑是助长这种不好的风气！”

“你这种人就喜欢说歪理！”

正说着，我们要坐的公交车来了，上车下车的人不少，拥来挤去，我撇下柳甫，自己一个人先窜上车去。柳甫比较胖，好不容易才挤上车。由于我们俩没有挤到一起，一路也就没机会磨嘴皮。

半个多小时之后，车到我们小区附近的公交站，我们下了车。柳甫似乎将我们上车前争论的事给忘了，他又恢复了兴高采烈的样子，说："万卡，跟我一起到我家去吧。我有画册要给你看，最近从我表叔那里拿来的，酷毙了！"

我摇摇头，"谢了！我没头没脑地被你这小子拽出来，都没跟我姨打招呼。我姨肯定很着急，我要赶紧回家。"

柳甫手一挥，说："好好。你回你回！改天我将画册带给你看。"

我回到家，没有见到我姨，却很意外地见到我爸爸万达！我爸爸不在外忙着跑生意吗？他怎么说回来就回来了？我正惊喜着呢，喊了一声："爸爸！"没想到遭到他劈头盖脑的训斥："你干什么去了？！我给你发短信，你居然都不回！给你打手机，你居然还关着机！到底干什么去了？！"

我这才想起我的手机没电，自动关了机。我跟我爸爸解释，我爸爸依然满脸愠怒。不过，他屁股一转，背对着我，给我姨打电话，那声音立马变柔和了，"雪敏，万卡回来了，你别找了，马上回家吧。"然后，他转过头，又板起脸孔训我："你出去，也该跟你姨打个招呼！你姨急死了，你知不知道？！"

我心里犯起嘀咕，尹雪敏也真是，我多大的人了！能走丢吗？出去找什么找呢？小题大做！

我爸爸继续追问我："到底干什么去了？！为什么瞒着你姨？"

我有点不乐意了，我并没有刻意要瞒着尹雪敏的。我原想出去马上就回来，没想到遇见柳甫，更没打算跟他一起找什么"梦露酒吧"。只是，事已至此，我能跟我爸爸实话实说吗？那可是说不清道不明的事情，我没有柳甫会编瞎话的本事，一编，准露馅，还是闭口不说的为妙。我嗫嚅着说:“爸爸,您刚回来的吗?”

我爸爸万达横眉瞪着我,“我问你呢!干什么去了?这么长时间?”

看来,不回答他的问题是不行的。我硬着头皮说:“跟柳甫一起出去玩了一会儿。”

“柳甫?”他皱起眉头,“柳大春的儿子?不爱学习,爱捣蛋的那个小子?你还是少跟他混在一起!”

柳甫的老爸柳大春是我爸的生意伙伴。我爸对柳大春的儿子柳甫还是略知一二的。他向来反对我跟柳甫一起混,不止一次训导我:近朱者赤,近墨者黑。跟好学好,跟乞丐学讨(饭)。这个浅显的道理,你知道不知道?!

我听着,头似点非点,心里老大不爽!想想自己这一天过得挺没劲的。由着柳甫这小子忽悠,无聊地跟着他混了一上午,跟他一起去寻访甄梦露老妈开的“梦露酒吧”,白跑一趟,令人超级扫兴不说,回来还挨万达的一顿狠训。猛然想起语文老师布置的小作文还没写啊,就更加沮丧,混来混去,作文都差点忘了写!该死该死!我暗自发誓:下回决不跟柳甫去混!

我爸爸喋喋不休地训导我的时候,我一声不吭地听着,心里乱麻麻的。

这时,防盗门和木门先后开了,姨尹雪敏走进来。她捋捋额前有点凌乱的头发,目光投到我的脸上,“回来了,万卡?”

她的声音总是那么的柔和,以致我挨我爸爸的训时对她产生的一点抵触情绪也荡然无存。这时刻,我觉得自己的确做得不好,我出门的确应该跟她打声招呼。但不知出于一种什么原因,当着我爸爸的面,我又不想开口向她道歉。我抠着指甲缝,默不作声。

我的这副无所谓的样子却是惹恼了我爸爸,“以后出门一定要跟你姨说一声!听见没有?!”

我爸爸的这一命令让我有点反感。我依然不吭声,依然抠着指甲缝。我是不惧怕他动怒的，因为很多时候，尹雪敏会充当我的保护伞。

果然，尹雪敏为我说话了：“万卡也不是小孩子了，他做事应该有分寸。你就不要说他了。”她问我：“你吃饭了没有？要是没吃的话，我去给你热一些饭菜。”我说：“吃过了，姨。”

我爸爸又不高兴了，“在外吃的什么？乱吃东西，会吃出毛病来！”我曾经在街边的小摊上吃烤羊肉串吃坏了肚子，整整打了三天点滴。从那之后，我爸爸不允许我在外吃东西。

我没有说我今天在外跟柳甫一起吃的麻辣火锅。我和柳甫曾经出去吃过火锅，我爸爸知道后，将我训斥了一顿。在我爸爸眼里，火锅那东西是不好说的，闻起来越香，吃得越有味的东西说不定就有问题，他说媒体就曾曝光过某火锅店为了招徕顾客，往火锅里添加罂粟壳末，让人吃了还想吃，上瘾一点没商量。

为了不挨我爸爸的训斥，我干脆说我跟柳甫上“老北京包子铺”吃的三鲜包子，喝的南瓜粥。我爸爸这才没说什么。他对“老北京包子铺”颇有好感，说那是北京的老字号，店铺简朴、干净，包子也新鲜，生意一向很好，光京城就开了好多家分店。小时候他经常带我上“老北京包子铺”吃包子。

我爸爸对我的追问暂告一段落。他坐在沙发上，神情有点疲惫。尹雪敏给他倒了一杯酸奶，关切地说：“你是不是有点累了？”

我爸爸喝了两口酸奶，轻轻叹气说：“最近一段时间跑东跑西的，是有点累。”

尹雪敏说：“那你就上楼躺会儿吧。”

我爸爸摇头，“大白天的，躺不住啊。坐一坐就行了。”我在他身旁站着，磨蹭着，其实我想回我的房间，我又不想跟我爸说话，我想要是我一声不吭地回房间，我爸爸肯定又要训斥我的。

尹雪敏看着我斯文的样子，不觉笑了，“万卡，你站着干吗呀？耗子见猫啊？”她轻轻拍拍沙发，让我坐下。

她以一种自豪的口吻对我说："我今天碰见教你数学的万老师了。他说你这次数学考了全班第一呢。你们的数学课代表病休了是不是？万老师说，想让你当课代表呢。"她转过脸对我爸爸说，"其实我们的万卡很不错的。每次开家长会，我都跟老师们交流过，老师们对他的评价都很高。"

我爸爸脸色缓和了很多，"嗯，好，万卡，你要继续保持。"

我的情绪陡然好了很多。我抬起头，看了姨一眼，又不由自主地微低了头，"对不起，姨，我出去应该跟您说一声的，害得您还出去找我。"

姨笑了，说："其实这也没什么的。我就是太胆小了。以后你出去，最好给我报个平安，我也就放心了。"

我说："我会的，姨。我想去复习功课。"姨点头说好。

回到自己的房间，我将手机插在插线板上充电，然后开始写作文。我们语文老师对作文教学很看重，她要求我们每周要写一篇小作文，两周写一篇大作文。这周她布置的小作文是半命题的，主题表达亲情或友爱，题材、体裁和题目都让我们自己定。我平素作文水平不差，这种作文对我来说，写起来也不太费劲，我只不过花了一节课的时间，就完成了一篇名为《爱，在心里》的小作文，我主要表达姨与我之间质朴而真挚的母子感情。

作文写完，顿感轻松很多，想玩玩手机游戏，便将充电的手机拽过来，开了机，瞬间有一连串响铃，提醒我有短信需要点看，点开短信图标，不看不知道，一看吓一跳，有十来条短信，全是高凡响发来的。

——亲爱的，我这两天老做奇怪的梦，梦见我们俩坐在一条中世纪的海盗船上，船上挂满了五彩斑斓的三角旗，海盗将我们围在中间，他们跟着爵士乐狂舞，后来音乐又自动切换为让人哀伤的梁祝，突然间，刮来一阵狂风，海盗们被吹得东倒西歪，我们俩却纹丝不动，等狂风停歇，海盗竟然都消失了！就剩我们俩，坐在空荡荡的海盗船上，在茫茫无际的大海上漂流。后来，又不知从哪里飞来一只长着青羽毛的鸟，发出“拉乌——拉乌——”的高亢叫声。你说，我为什么会做这样奇怪的梦呢？

——我还梦见有一个长相很奇怪的小男孩，他的背上插着两扇白翅膀，左手拿着金光闪闪的弓，右手拿着金头箭，一直对着我射，可他又不是真射，他是不停地跟我开玩笑，弄得我心烦意乱，真想揍他一顿！

——亲爱的，周末这两天你在干什么呢？出去玩儿了吗？我们两人的家隔得太远了。要不然，我天天都想去找你，跟你一起做作业，跟你一起玩。那感觉一定很爽！

……

在我的同学当中，高凡响大概是喜欢发短信的一个，他几乎每天都要给我发几条短信。

我对发短信兴趣不大。往往是他给我发了多条短信，我因为觉得不好意思老不理人家，就给他回一两条，有时干脆给他发一个卡通笑脸或卡通图片。

6. 小摩擦 · 人体艺术

我给高凡响回复了短信，便拿起数学书，预习下一节课要上的内容。我不免又想起姨提到数学老师对我的良好评价，心里很愉快。

平心而论，我总是想当好学生的。我非常在乎老师们对我的态度。我几乎没有迟到、旷课、作业不完成等不良记录。从幼儿园到现在的初中，在老师们的眼里，我都算得上一个听话的学生。

以前听话的学生在班上是很吃香的，受老师喜欢，同学也因为你受老师喜欢而羡慕你。可现在就有点不同了，固然听话能受老师欢迎，但未必就能给同学好印象。柳甫之流就时常当众嘲笑我没有一点骨气，在老师面前像个乖孙子。

有一回我被柳甫气得够戗，实在忍无可忍，就忿忿地回敬说："柳甫，你敢在老师面前充老子吗？"

柳甫轻蔑地一扬眉毛说："怎么不敢？"面对柳甫蛮横地吐硬话，我就没词应对他了。那之后，我就发誓一定要寻求机会奚落奚落柳甫，挽回自己的面子。

周一上数学课，果真如我姨所说，数学老师在班上宣布让我代理课代表。我欣然接受老师的委派。当天，我就开始履行数学课代表的职责。第一个要做的差事，就是收作业本，按老师的嘱咐，一定要将作业收齐了交给他。四十三号人，只有柳甫作业没交。

我趾高气扬地敲着柳甫的课桌，要他交数学作业。柳甫漫不经心地转过身，上上下下将我打量了一番，嬉笑着说："呵，当起代表来了，还挺牛气的嘛。可惜是个代理的。"

我说："柳甫，赶紧交作业，老师让我上课之前送到他办公室去。"

柳甫仰起脖子，眯着眼，拿腔作调地说："对不起，尊敬的代理课代表先生，鄙人的作业忘带了！"

我毫不客气地说："柳甫，别找借口。好孩子不说假话，实事求是，作业没做就没做，我去跟老师招呼一声。"

柳甫拿手指戳了戳我的鼻子，尖着嗓音，"万卡，我警告你！你要去跟老师瞎说，小心我摔你！你他妈的总喜欢拿着鸡毛当令箭使，将老师的话当圣旨！"

我生气地一甩手，扔一句："柳甫，你不要好歹不识！"我就端着作业本跑出教室。

这会柳甫反倒没脾气了，跟班一般跟在我的后面，他向数学老师解释他作业本忘带了。数学老师严肃地说："柳甫，作业又忘带啦?上次你可是再三向我保证的！"

柳甫点头哈腰，低声下气地说："老师，我这次一定保证，下次一定不这样了。"

数学老师说："你下次要再这样，我就给你爸爸打电话，让你爸爸将你作业本送过来。听见没有？"柳甫苦着脸，有气无力地点头。

这回该轮到我嘲笑柳甫了。一回到教室，我就有点幸灾乐祸地刺激他，"柳甫，你不是说，你在老师面前敢充老子吗？"

柳甫摸了摸下巴，嘴巴依然强硬，"你以为我不敢？"

我说："你就不敢！你要敢的话，你刚才跟在我屁股后面干吗?你干吗那么急切地跟数学老师解释呢？"

柳甫翻翻眼说："那是两码事。"

我不依不饶，"哼，在老师面前，你就当不成老子！你只能是装孙子！"

柳甫像只大麻虾一样伏在他的课桌上，看样子像是认输了。我还没来得及得意呢，他却粗着嗓门叫开了：卡呀——卡——，我的卡呀，你怎么变得这么不宽容呢？卡呀——卡——，我的卡呀，你就不能得饶人处且饶人吗？

他的几个死党——皮鲁、黎明德之流，在一旁冲着我嗤笑。

我满肚子火气。高凡响跑到我的身旁，小声劝慰我说："你也别生气，犯不着跟他们那种人计较。"

高凡响的安慰话也没能让我消气。我非常忌讳别人叫我卡。小时候我奶奶带着我去菜市场买菜，我四处乱跑，奶奶怕我出意外，就着急地大声招呼我：卡呀——卡——，卡呀——卡——！旁人不知怎么回事，以为是老太太的什么卡丢了，在那里叫呢！上前一问，才知她的孙子叫卡，不免摇头笑笑，卡？嘿，这名儿有点怪！那时候我就强烈要求我奶奶叫我万卡，不允许再叫我什么卡呀卡的。

你说现在柳甫这么地怪声怪气地叫我，我能平静吗？我真想将他从课桌上掀下去。可是，我要是那么做的话，不但不能解气，反倒还会给自己招惹更多麻烦。他的那帮死党没准儿为柳甫打抱不平，一致上前质问我：万卡，人家柳甫也没对你怎么样，你凭什么动手？

我要是强硬地跟他们搞对立，他们准会冲我捋袖子攥拳头，一个个摆出的刺头样式跟街头上那些小痞子没什么两样。我万卡好歹算条好汉，好汉肚量也大，我是不跟柳甫和他的这帮死党一般见识的。

我不断提醒自己是条好汉，是个君子。柳甫那小子狗嘴里再吐什么烂骨刺，我都竭力忍声吞气。谁让我的名字起得不好呢？叫什么不成？非得叫什么卡！

柳甫在课堂上故意拿我的名字来奚落我，让我很反感，我几天都不想搭理他。可是柳甫那小子却没事一般，周末又乐呵呵地来找我。

"给你看一样东西。你从未看过的。"他有点神秘地眨眨眼。

开始我还真当是什么了不得的稀罕东西，等他从包里拿出来，我一看，不免有点不屑了，"不过是一本画册嘛，画册谁没看过呢！"

"就算画册你看过，可是这本画册里的内容你肯定没看过。我敢打赌！”柳甫言之凿凿，郑重地翻开画册。画册上是一个漂亮的金发女人，她身上穿着的衣服很少，大半个上身光溜溜的，好像刚刚从被窝里钻出来。画册上这种样子的女人我还真没怎么见过，不过，这个洋女人我还是有点面熟。

“认识吧？美国的玛丽莲•梦露，是个脱星，也叫艳星。”柳甫介绍说。

呃，美国梦露的名字我倒是听过。我念小学时就知道了美国电影史上有个叫梦露的女演员。那是我姑姑告诉我的。

我姑姑万新是个外影迷，尤其喜欢美国电影。她喜欢跟我口述电影故事中的人物和事件，但她从来不愿意让我亲眼目睹那些活生生的电影画面。

现在我从柳甫的这个画册上目睹了美国梦露的真实容颜。美国梦露果然像当初我姑姑所渲染的那样，很美艳，那双长睫毛守护的褐色眼睛很迷人，灿烂的笑很迷人，洁白如银的牙齿也很迷人。

柳甫喜欢画册上的梦露，他指指画册对我说：“这是我表叔的画册，我偷偷将它拿来了。”稍作停顿，“我表叔齐悲鸿，你大概听说过吧？”

“齐悲鸿？”我摇摇头，“我只听说过徐悲鸿，一个画家，画马非常有名，我家就挂着他画的奔马图。”

“你家有他的画？真迹吗？”

“从字画店里买回来的。”

“我就说嘛！你们家怎么可能有大名鼎鼎的徐悲鸿的真迹呢。我的这个表叔叫齐悲鸿，不亚于那个徐悲鸿。”

“反正我只知道会画马的徐悲鸿。你说的那个齐悲鸿，我可从来没听说过。”

“嘿，你这人就是孤陋寡闻嘛！我表叔齐悲鸿呢，应该也算有名吧。他是中央高等美术学院毕业的，学油画，也搞摄影，油画作品、摄影作品都获得国际大奖，其中有一个奖叫什么国际艺术展最高上镜奖。对，就这个奖！”

“最高上镜奖？我怎么觉得像是影视演员得的奖呢。画画，摄影，还有这个奖？”

“本来真不想说你，可是你这也不知，那也不知，不得不说你两句哟。你这人实实在在是木鱼脑袋。咱们现在颁奖，什么奖没有？那画儿画得好，那照片摄得好，看上去很好看，叫上镜奖有什么不可以？‘上镜’这词儿，你不知道它的意思？不就是‘好看’的意思嘛。”

我们班上谁都知道柳甫喜欢信口开河，喜欢吹牛皮，能将小虾米吹成大鲨鱼，反正信口开河不需要给嘴巴上闸门，吹牛皮也不需要什么本钱，就由着他吹吧，我也权当乐子听。于是，我也就心平气和地眯缝着眼听柳甫吹他表叔的牛皮。

“我表叔还有更牛的呢，他的油画比荷兰那个疯子画家梵高的画还要值钱！我表叔的一幅油画在一次国际拍卖会上，一下子就拍出三千万美元！三千万美元，你知道不知道这是个什么概念？一美元能兑换七八元人民币呢。”

我再怎么孤陋寡闻，也听说过梵高的油画拍卖价高得惊人，据说他的一幅自画像就曾拍卖到八千多万美元。再听柳甫这么胡乱地吹，我实在忍不住了，打断他的话，“喂，你知道梵高一幅画能拍多少钱吗？”

柳甫愣了愣，又信口开河了，“一个疯子画家，他的油画能拍多少钱？”

“你上网查查梵高的画都卖多少钱了，会吓你一大跳！”

柳甫摇摇手，说：“查不查，那都无所谓啦。网上的东西都靠得住吗?我爸说网上有很多东西都是骗人的。不管你怎么说，反正我表叔真真确确很厉害。”柳甫将他表叔吹嘘了一番，又转回画册的话题上来了，“这样的画册我表叔那里多的是，很多都是他自己制作的。他现在主要搞人体摄影，开了一间人体摄影工作室，专门给那种喜欢展示自己美艳的女人拍摄人体写真。”柳甫说到这里，停了停，以一种卖弄的口吻问我，“我想你肯定不知道什么叫人体写真吧？”

我说：“不就是照相呗。”

“照相？你可真不了解，这可不是一般的照相喽！”柳甫拍拍画册上的梦露，“就像这种样子！有的比这种样子还样子！”

我听不懂柳甫说的到底是什么意思，“什么比这种样子还样子？你说话别曲里拐弯的，好不好？”

“真不懂，还是假不懂？”柳甫拍拍画册，有意半眯着眼。

“什么真不懂假不懂的！你说话总是那样故弄玄虚！我真不懂！”

“嗨，你反应还是那么迟钝。我说的你居然不明白！”柳甫特意将画册上的梦露放在我眼皮底下，“睁大眼看看，你看这梦露上身穿的，怎么样？是不是像安徒生童话里的那种皇帝的新装？”

“什么皇帝新装？分明就是没穿衣服嘛！”

“就是嘛。你这不懂了吗？”

“可你刚才说什么比这种样子还样子？什么意思？”

“嘿嘿，看你呢，又假装了吧？明明懂，偏假装不懂！你假装就假装吧！这么跟你直白地说吧，拍那种‘人体写真’嘛，很多时候干脆连衣服都不穿，浑身上下光秃秃的，还拍各种不同的姿势！——”他拉长腔调，“没见过不穿衣服是什么样子吧——尤其是女生？”

没穿衣服的样子，我倒也是见过，我自己脱光衣服在卫生间洗澡时，那镜子里的自己就光条条的，倒没觉得自己那样子有什么特别之处。除此之外，我还见过我表姨家一岁的小表弟不穿衣服的样子，胖嘟嘟的挺好玩的，特别是他扭着光屁股在地上到处爬，活像个滚动的小皮球，总能引起我们的一阵笑声，的确太有趣啦。至于女生不穿衣服的样子，老实说，我还真从来没见过。不过，女生连衣服都不穿就照相？那是个什么样子？我真是有些好奇。

不过，我还是假装自己心理纯洁，我连连对柳甫摇头，“不穿衣服就照相？怎么可能呢？你肯定又是胡诌！”

柳甫正色地说："你又假装惊讶了吧？其实，有什么可惊讶的呢。你回家脱光身子，在浴室洗澡，也可以自我欣赏你自己的人体艺术呢。"

我转过头，没理他。柳甫说："看自己的身体很容易。女生的身子是一种什么样子呢？你可不能轻易看到哦。你只能发挥一下你的想象力啊，想象一下哦！"

"别那么无聊，好不好！"我抗议。

柳甫一本正经地说："我告诉你，万卡，你别老以为我是无聊才跟你说这些的。我问你，对那些我们不了解不清楚的东西，我们是不是要想办法去了解了解？你说真话，你一点也不想吗？其实你也好奇，是不是？只是你这个人性格畏畏缩缩的，老遮老掩着！"

我没话说了。柳甫说得倒也不假，我其实也想了解女生身子到底是什么样的，只是隐约觉得去窥视去了解不是什么光彩的行为。

柳甫粲然一笑，凑到我耳边，极其神秘地说："好啦。如果你有兴趣，真想看一看，哪天我从我表叔那里弄几张给你瞧瞧，怎么样？"

我被柳甫那神秘的样子弄得有些不知所措，断定那不是什么好玩意，便连连摇头，"算了，算了，我没兴趣看那玩意。"

柳甫不屑地说："说了半天，你就是胆小怕事。看看没穿衣服的女人，有什么大惊小怪的呢！我表叔说人体就是美妙的艺术！粗俗的人说是色情，其实他们根本不懂，人体是高雅的艺术！"

听柳甫这么一咋呼，我更是不敢看什么人体艺术了。

7. 作文

尽管我和柳甫之间小摩擦不断，但我们依然还是不时地搅和到一起。这个周六上午他来找我去打篮球，我嘴上说不去，实际上还是去了。因为姨在一旁鼓励我出去打打篮球，在她的眼中，打篮球是男孩子必要的运动。她说打篮球能锻炼身体，还有助于长个子，老是猫藏在家里可不好。于是，我也就跟着柳甫去了。

柳甫约了小区里三个年纪相仿的男孩子：一个瘦高个儿，一个戴着黑边小眼镜，另一个头上扣着蓝色棒球帽。我们一起到小区的球场打篮球，大家都想比一比。一共只有五个人，对决赛打不起来，那就轮流比赛投篮，大家玩得倒也畅快。可惜玩了不到半个小时，小眼镜和瘦高个儿先后都被他们各自的妈妈叫回去了，小眼镜说要参加什么奥数班，瘦高个儿说要参加什么作文培训班。他们俩老大不愿意地走了，还说回头有空再约着打球。

我和柳甫跟蓝色棒球帽继续玩投篮，玩了不到一刻钟，棒球帽别在兜里的手机响了，棒球帽看了看来电显示，嘴巴就不由得噘起来，“姥姥，不是说好让我玩一个半小时的吗？我才刚玩呢！……我老妈下午一点就能到家？不是说她明天傍晚回来的吗？……知道知道，我回去就是了！”棒球帽断了跟他姥姥的通话，挠挠头，冲我和柳甫说：“唉，我玩不成了。我老妈要回来了，我得赶紧回去将作业做了，要不然我老妈回来会发飙的！她规定我必须在周五晚将作业做完！”一转身，骑上他那辆亮蓝的山地车，一溜烟地去了。

柳甫感慨说：“他妈那么厉害？连做作业的时间都给规定死

了？”我说：“看来，我们俩还算比较自由的。”

我和柳甫又玩了一会儿投篮，有点心不在焉了，我们俩投篮命中率越来越低，毕竟玩投篮也是需要一些场上气氛的。我们索性也就不玩了，而是坐在球场旁边的椅子上休息，闲聊。聊着聊着，聊起了作文——周四语文老师布置了一篇作文。我说我还没写呢。

“哦，你怎么还没写呢？”柳甫做出一副惊讶的样子。“我都写好啦。像你这样老被老师表扬的学生，怎么作文还拖拉着没写呢？嘿，有点稀罕！”

“这有什么稀罕的！我要构思得精妙一点，晚点写，有什么不可以？”

“你不知道，我的作文周四晚上就写好啦。”柳甫有点得意。

“没想到，你还那么积极！”我倒是有点感到意外。柳甫平时并不爱写作业。他这次能积极写作文，恐怕另有隐情。后来曾听柳甫说，他老爸为了鼓励他好好学习，对他实行作业奖励、出勤（每天正常到校上课）奖励、考试奖励等五花八门的制度。我马上想到柳甫写作文比我积极，十有八九是他老爸施行重奖诱惑的结果。

“嗯，你没想到的事情多得去了！”柳甫说完，高声朗诵起杜甫的《春望》：“国破山河在，城春草木深。感时花溅泪，恨别鸟惊心。……”

平时柳甫就喜欢朗诵杜甫的诗，这是受他老爸熏陶。我前面说过，他爸柳大春是杜甫的铁杆粉丝，时不时就满怀激情地朗诵杜甫老先生忧国忧民的诗歌。柳甫喜欢模仿他老爸的腔调朗诵杜甫诗。

说实话，柳甫朗诵音色雄浑，倒还凑合，只是他朗诵时不时拿腔作调，听起来给人一种假假的感觉，叫人别扭得很喽。眼下，他还忘情地在那一遍又一遍地朗诵《春望》，我委实不想听，便使劲推他，说：“喂，我说柳甫先生，别再假模假样地朗诵啦！杜甫老先生要是听见你这样朗诵他的诗，会气得翘胡子的！”

柳甫扬了扬眉，一瞪眼，说：“你懂吗？这是风格！我老爸朗诵就这风格！”

“风格？哼哼，你这种好风格！”我带有揶揄的口气说。

他皱皱眉，“万卡，你说话怎么老是那种味儿！能不能不带刺呢？咱俩是哥们，哥们闲聊，纯粹图个乐子，你偏偏要跟我较真，有劲没劲呢？”

“咱们还是说点正经的吧。”我提议。

“说正经的？行啊。那我们就说说作文，这算正经的吧？”柳甫又恢复原先的亲热劲，跟我聊起语文老师教我们写作文的事。我们的语文老师本名叫马艳丽，因为她长得有点像电视剧《马大姐》里的马大姐，又有些爱管闲事，所以柳甫之流就私下给她起个“马大姐”的别号。柳甫说：“马大姐教我们如何写好作文，说什么三大段——开头、中间和结尾该如何如何写。说什么开头要新颖，尽可能吸引人，中间要抻一抻，拎着前面开头的来抻一抻，什么意思？你懂吗？”我摇头说：“我也不懂。”

“马大姐说什么结尾要跟开头一样，要想办法抓人眼球。你听她对我们说得头头是道的，可她自己写吗？她要是当着我们的面，给我们现场写一篇示范作文，那才叫牛皮呢，我就佩服她！”

“人家是老师，你是学生，你当学生的敢叫老师当堂写作文？”

“这有什么不敢的？只是有一点，十有八九是肯定的。”柳甫耸耸鼻子，“只怕就是我敢跟她说，她肯定也不听我的。”

我笑笑，这回我没有一点嘲笑他的意思。我认可地耸耸鼻子，“她怎么可能听你的呢？所以嘛，你还是别费那个劲算啦！”

他一本正经地跟着点头，“你说的太对了！你说我费那个劲干吗呢？”他从口袋里摸出两颗巧克力，扔给我一颗，他自己剥了外包装将巧克力塞进嘴里，接着唠叨，“说实在的，作文那些事儿，也就那样。不提也罢！我现在想要跟你说的，是我那老爸，别看他现在成天忙着做生意，满脑子装着的都是钞票，其实，他年轻时，可文艺着呢，用我们时髦的话说，是个文艺男青年。说真的，我还是有点佩服我那老爸的。”他跟我聊起他老爸年轻时写诗的事情。他老爸年轻时喜欢写诗，他还记得他老爸给他朗诵过一首自以为很经典的两句诗，题为“失恋”：

青春给了我满腔的激情，
我却在追梦的路上
跌落出一个心形的大坑。

照柳甫的说法，他老爸曾经有很远大的文学理想，希望能成为一个大诗人，像杜甫那样名留千古。在理想的强力驱动下，他热衷于写诗投稿，每天都将自己关在房间里写诗，写完诗就骑自行车去邮局，往杂志社寄诗稿。令人遗憾的是，他老爸每次投稿都如泥马入海——得不到杂志社的任何回复。一次又一次失望，日复一日，年复一年，他老爸的大诗人理想也就渐渐地被失望的情绪所侵蚀，最终黯然跌落。老爸自己成不了当代杜甫，就将希望寄托于他柳甫的身上。

哈哈，听到柳甫说这种话，我又忍不住觉得好笑了。柳甫老爸的希望太虚无缥缈了，就凭柳甫那种低级的写作水平，还能当诗人？白日做梦还差不多！让人无法言说的是，柳甫这小子感觉超级良好，他还乐颠颠地爱写“高仿诗”，比如他仿李白的《赠汪伦》，写了一首《赠万卡》：

柳甫乘车将欲行，忽听路旁送别声。
南下北上一万里，不及万卡情意长。

我看了他的《赠万卡》，讥笑说：“你什么时候南下北上了？我什么时候给你送过别？瞎编什么呢？”

“写着玩儿呗，何必当真呢？很多时候，不当真还能找点乐子出来，一当真就什么乐子也没有了，索然寡味。我爸爸老说，生活就是要学会找乐子。”他停了一下，“我最近又写了一首诗歌，还没来得及给你看。我现在就口头朗诵朗诵，让你饱饱耳福！”他一脸的严肃，直直腰，大声朗诵起来：

我躺在草地看头顶的云，
头顶的云在天上看我。
夕阳装饰了我的卧室，
我装饰了你的白日梦。

他朗诵完后，一副陶醉的样子，“你觉得我写得怎么样？”

不用说，柳甫的这首诗是高仿卞之琳的著名短诗《断章》的。我就实话实说：“如果不跟卞之琳的《断章》那首诗比的话呢，你这首诗写得还真不错，画面感挺强的。不过，看看人家卞之琳写的那四句：‘你站在桥上看风景，看风景的人在楼上看你。明月装饰了你的窗，你装饰了别人的梦。’你这写的跟人家一比，就是妈妈生出了一个儿子。”

“不管怎么说，你说我这诗写的还不错，就够啦！”柳甫眉开眼笑。

柳甫编诗还能说得过去，他要是写作文，那可就有点费劲了，一篇小千字的作文，他要抠上好长时间，采用那种毫无章法的天马行空式的写法，整体看下来，结构混乱，很多句子狗屁不通。不知道这一次作文他写得怎么样。这次老师布置的作文，主题是表达我们对祖国的无限热爱。

周一上午，第一节课就是语文课。语文老师马艳丽一改平时交作文改作文的习惯，来了一次小小的改革，她要求每个同学都上讲台将自己的作文当堂朗读一遍，由大家集体评分，取大家的平均数，按分数高低排列，从中评出前五名，将他们的作文作为范文张贴在班级的宣传栏里。

不知道出于什么方面的考虑，马艳丽竟然将柳甫排在第一号。柳甫显然对马老师的这种安排受宠若惊，他激动地挺挺胸脯，走上讲台，清清嗓音，大声朗读起来：

“亲爱的祖国，虽然我很愚笨，但是我深深地爱着你！不论白天还是黑夜，不论春秋还是夏冬，我的爱都一样深沉！”

柳甫这一段写得还像那么回事，连马老师都点了点头。可是，再往下听，越听越不是那么回事了，尤其是下面这段，叫人听得有点莫名其妙。

“啊，伟大崇高无比的祖国，你是我亲爱的大姨妈！大姨妈比我老妈还要亲。我大姨妈叫啥？叫黄清纯，是一个很清灵的姑娘，你可以来看看她以前的照片，扎着马尾辫，满脸气息洋溢着青春……”

柳甫的这段作文给大家提供了免费的笑料，全班不禁哄堂大笑。马老师眉头大皱，笑着直摇头。

柳甫自己开始还傻乎乎地以为，自己作文写得幽默才招致大家的热烈笑声呢。马艳丽将闹哄哄的课堂给整肃了，当着全班同学的面，给柳甫作文这样一个评价：“开头写得还凑合，可是后面就写得有点离谱了。”她问柳甫：“人家一般将祖国比作母亲，你却将祖国比作大姨妈。为什么要这样写？你给解释一下。”

有同学又忍不住在笑。

柳甫不慌不忙地说：“能将祖国比作妈妈，比作母亲，为什么就不能将祖国比作大姨妈？我觉得我的大姨妈比我老妈对我还要亲，还要好。所以我才将祖国比作大姨妈的。”

马艳丽冲柳甫抬抬下巴，说："下课到我办公室，我们交流一下。"她就没再说什么。课堂作文朗读活动继续进行。

据柳甫后来说，课下马艳丽将他叫到办公室，跟他讲写作文的要领，要将他的作文打回来让他重写，柳甫一副很不情愿的样子。马艳丽不喜欢他那种吊儿郎当的模样，便阴阳怪气地说了一句："听说你老爸还希望你成当代杜甫?你怎么着也得想办法给你老爸争点面子吧?"

那次跟马艳丽谈话，柳甫心里很感别扭。从此语文课他不再像以前那样投入了。

8. “吃肉”事件

柳甫在各种场合（当然老师不在场）都表示不在乎老师的话，我打心里鄙视柳甫的那副德行，他表面上说不在乎老师，实际上却不敢轻易得罪老师。得罪老师是要付出一定代价的。柳甫就曾经吃过这号亏。他得罪的是语文老师马艳丽。

语文老师马艳丽上课有点絮叨，柳甫他们不爱听。马艳丽也不喜欢柳甫这号学生。柳甫不好好听课，还喜欢接老师的话茬，说些老师不爱听的话。

有一次上语文课，马艳丽评讲作文，批评有的同学实在不认真，句子都写不顺溜，作文写得实在没个样子。批评完了，她就表扬常畅作文写得好，“人家常畅同学的作文写得那个像样——哟，真是要什么模样，就有什么模样！”说到这里，马艳丽不由得感慨：“照说都是爹生的娘养的，刚出来的时候，苗儿都差不了多少，怎么长着长着，人家就长得壮，到你这儿，就长得蔫了呢？”

柳甫马上接茬说：“人家吃的是化肥嘛。”马艳丽顿时沉了脸，“那你柳甫吃的是什么肥？”柳甫缩缩脖子回敬：“我们吃的是农家肥。”

马艳丽怒道：“农家肥？我看还不如说你柳甫吃的是大粪！”下面的同学反应不一，有冷眼看老师的，有低头窃笑的，还有若无其事的。柳甫脸上红一阵白一阵，气得呼呼吹气。

马艳丽严厉地直视柳甫，“怎么？还发躁呢！我告诉你，柳甫，上课该你发言的时候你能积极发言，老师我一定会表扬你！不该你说的，你给我放臭炮，我一定会毫不客气地批评你！！”柳甫翻翻两眼，没声响了。

打那之后，柳甫上语文课，基本上不听。他的死党都差不多跟他保持一致“步调”，也都各干各的事。马艳丽对柳甫这号调皮生早已灰了心。只要他坐在那里不出声，不骚扰别的同学，马艳丽多半也懒得管他。

柳甫偏偏喜欢在语文课上多嘴，不时惹恼马艳丽老师。最严重的一次是闹得沸沸扬扬的“吃肉”事件。

这件事说起来就有点话长了。

那天语文课上，马艳丽在讲台上眉飞色舞地讲她喜爱的文豪鲁迅先生，说鲁迅先生写的文章思想如何如何深刻，艺术如何如何高超。然后，她让我们谈谈阅读鲁迅的散文诗《秋夜》有什么心得。

早在三天前，马艳丽就布置我们课外阅读鲁迅的这首散文诗。说实话，我没怎么读懂这首散文诗，也没怎么觉得它写得有多好。别的暂且不说，就说开篇那几句：“在我的后园，可以看见墙外有两株树，一株是枣树，还有一株也是枣树。”我觉得这几句有点啰唆，要是照我写的话，我肯定会写成：“在我的后园，可以看见墙外有两株枣树。”上课之前，我跟一些同学交流过阅读这首散文诗的感受，很多同学跟我的看法差不多。

马老师点名让我来谈谈阅读《秋夜》有什么心得。我不好意思说我没看懂，而是照着阅读材料上的“阅读提示”说了两句：《秋夜》以象征、暗示等多种手法，艺术地表达了枣树直面现实、反抗社会恶势力的勇敢与无畏精神，从而间接地表达了作者对北洋军阀黑暗统治的强烈不满。马老师认可地点点头，我自己却感觉很不自在。

此时，我邻座的柳甫举手，马艳丽便让他发言。柳甫站起来说：“老师，这《秋夜》，我看了开头就不想再往下看了。要是我们这样写，老师肯定说我们啰里啰唆的，对吧？可人家鲁迅先生写了，就说他写得多么有水平！我不大理解。”

“柳甫，这就是你的心得？”显然，马老师对柳甫的发言很不满意。

柳甫说：“对呀，老师，这就是我阅读《秋夜》的真实想法。”

马艳丽老大不高兴，做了个打拍子的手势，示意柳甫落座，“柳甫，看鲁迅先生的文章跟你看武侠小说不一样！你必须细细地看，细细地想，要多动脑筋！”

柳甫一咧嘴，满脸不快。接下来，他索性连课也不听了，在下面偷偷玩起手机游戏来。他那蓝悠悠闪着光的小东西不大争气，时不时出点小声。显然马艳丽也听见有手机的声响，她皱皱眉，目光扫向柳甫这边。我马上悄悄拿脚碰碰柳甫的脚，柳甫这才有所收敛。安静了没多大会儿，他又玩起手机，到底被马艳丽发现了。

马艳丽冷不丁地叫道：“柳甫！”

柳甫慢悠悠地站起来，歪头看着黑板，摆出一副等待戈多的闲散姿态。

马艳丽手中晃着阅读材料，冷冷地问：“柳甫，你说说，我刚才讲什么来着？”她有意将多媒体课件回翻到标题页，不给柳甫半点提示。

柳甫扭了扭肥胖的身子说：“对不起，老师，我耳朵有点背，没大听清。”

马艳丽冷笑一声，“高龄多大？耳朵背？哼！柳甫，你给我老实说，你在下面玩什么花样？”

柳甫理直气壮，跟马艳丽顶起牛来，“我没玩花样！”

“没玩花样？那你手中是什么东西？”

柳甫早已将手机塞到书包里，摊开双手，“您看我手里有东西吗？”

马艳丽是个好面子，容易激动的老师。由于激动，她的脸宛如染了红颜料的大鸭蛋。她将手中的阅读材料往讲桌上一摔，恨恨地说：“柳甫，你对我玩花招，跟我顶牛！我告诉你，我这人就是吃软不吃硬！你跟我较劲，我偏不让你得逞！”

这真是一台不多见的课堂情景剧，剧中演绎的是师生对弈。马艳丽目前处于强势，大家都睁眼看着柳甫如何应对。

照我一贯的看法，学生是老师手中的一颗棋子，她要怎么摆弄你，就能怎么摆弄你。柳甫这小子要是识相，最好主动投降。可他偏要横到底，鼓着腮帮子，猛然爆出一句：“吃软不吃硬？那您就吃肉呗！”

全班学生哄地一声笑开了，如同满锅里的热油豆豆爆了开来。黎明德和皮鲁尤其笑得响，那笑声中还夹杂着怪腔怪调的附和：“哈，那肉一定鲜嫩！”“味道不错啊！”

我也捂着嘴笑得欢，很快我就制止了自己的笑。我看见语文老师的两只大眼里晃着亮亮的泪，我想起我姨尹雪敏哭时也是这个样子。不用说，柳甫的这句“吃肉”，让我们的语文老师感觉大丢了作为老师的尊严。她站在讲台上，嘴唇有点哆嗦，半晌才说话。她指着柳甫，声音明显地发颤：“柳甫，你，你，给我，给我滚出去！滚出去！！”

看到老师憋屈又愤怒的样子，大家感觉这样对老师未免有点过分，原本闹哄哄的教室渐渐安静下来。柳甫脸色如常，摇晃着脑袋，坐在那里，纹丝不动。

我们知道，对于柳甫这种学生，除了强行将他从座位上拖出教室，马艳丽是没有任何办法的。事实上，她也不可能这样做。不只是她没有资格将学生拖出教室，就算她有这种资格，她也是奈何不了柳甫的！谁都知道，柳甫是班上最胖的学生，体重一百八十斤，再加上他奋力反抗，那体重估计有两个“一百八十”的，她这个精瘦的女老师能拖得动这个大块头男生吗？她只能将自己弄得狼狈不堪，倒过头来，她在我们学生面前更是丢面子。

也许是给自己一个台阶下，马艳丽竭力收回眼泪，怒视着柳甫，说：“行！既然你不想出去，那你就给我好好待着！我不能因为你，耽误全班同学上课！”

课继续上。因为柳甫的言行明显影响马艳丽上课的情绪，那后面的课上得很不尽人意。本来该马艳丽讲的部分全被改成大家思考，讨论。所谓的讨论，其实就是马艳丽点名，提问。那些问题都颇有深度，让我们临时思考，总思考不出个子丑寅卯来；所以，大家回答问题，多半驴头不对马嘴。连我这样语文成绩不赖的学生，也感觉自己不知所云，纯属胡扯。总的说起来，课堂气氛死气得很。

好不容易熬到下课铃响。马艳丽宣布下课，阴着脸走了。她走之前，勒令柳甫到她的办公室去。

柳甫对马艳丽的勒令置若罔闻，一副死猪不怕开水烫的样子，上她的办公室？不去！他若无其事地挂着耳机，半闭着眼，听起周天王的歌来。

我觉得柳甫实在不明智。马艳丽为维护她的威信，绝不会就此善罢甘休。柳甫这样硬撑下去，绝对没好果子吃的。孙悟空那猴头再牛皮，能翻得出如来佛的手掌心吗？只要不出这个校园，你柳甫该怎么地还是要怎么地！

我出于好心，苦口婆心地劝柳甫写个检查，向马老师道个歉，给她一个面子算了。“柳甫，你说，你跟老师较劲，能较得过她吗？到头来你还得乖乖地听她的，何必给自己找麻烦呢？”

柳甫对我的劝没反应，只是朝我冷冷地瞥上一眼，仿佛我跟他是从来不相识的陌生人。我自讨没趣，心想，我就看你柳甫能牛皮到哪里去！除非你拎着书包回家，不念这个书！

果如我所料，马艳丽将“吃肉”事件公开化、扩大化了，不只班上所有的任课老师知道这件事，连教导主任和校长都知道这件事。当天，柳甫爸爸柳大春就被请到了学校。

在校长办公室里，马艳丽对柳大春愤愤不平：你说，有这样的学生吗？搅得课都没法上！上课玩手机，老师批评两句，他硬着脖子顶牛，还说老师吃软不吃硬——吃肉！这是什么话，啊？这简直是小流氓说的话嘛！你得回去好好管教管教你的儿子！

柳大春对儿子有些怨恨。平素也不知对这小子说过多少遍，要好好念书，要好好念书，可这小子全都当了耳边风！柳大春也不大乐意老师给自己儿子戴上“小流氓”的帽子，心里很不爽快，但表面上还是向马老师赔着笑脸，说了一堆好话，还承诺一定责令那淘气包写检查反省，如此如此，总算逐渐消解了马老师的怒气。

柳大春回家用拳脚将儿子收拾了一顿，没收了儿子的手机，勒令儿子写了检讨书，要儿子明天一到学校，就得将检讨书交给语文老师。他再三警告儿子：你给老子记住，你小子以后给老子放老实点，老老实实地给老子念书，别给老子惹事！再惹事，小心老子扒你的皮！

柳甫再牛皮，也不敢在他爸爸面前抖威风。他爸爸是他们家的摇钱树，可以随时出很厉害的一招：对他实行经济封锁。柳甫在我们班上属头号消费大户，他要没钱，保准也是个不折不扣的孙子。柳甫不得不学乖点。

翌日上午，头两节就是语文课，马艳丽一进教室，第一件事就是盯着柳甫，不说话。柳甫知道她是什么意思，磨蹭了片刻，灰头土脸地将他的书面检讨递给马艳丽。

马艳丽不接，要柳甫当众宣读他的检讨。柳甫脸色发青，想跟老师对抗，又缺乏勇气，毕竟他的耳边还在轰响着头天晚上他老爸对他的责令。他像一个小瘪三似的，曲着身子，俯首帖耳地宣读检讨书：

“尊敬的马老师：我承认自己昨天上课玩手机违反课堂纪律。……我诚恳地向您作检讨，保证以后再也不在课堂上玩手机了。请您宽恕！……学生柳甫”

看着往日牛皮冲天的淘气包学生到底向自己低了头，马艳丽摆出老师的高姿态，慢条斯理地说：“念完了？”她直直腰身，面向全班同学，郑重宣布：“今天，我就当着大家的面，原谅柳甫同学！希望柳甫同学以后要学会尊重别人。——我也不说要你柳甫尊重我这个老师。说老实话，我这个老师也不需要你柳甫的多大尊重。我只希望你永记一个常识：只有尊重别人，别人才能尊重你！”

也许是因为挽回自己的面子，心情舒畅的缘故，马老师的这节课上起来，真是神采飞扬。回头再看柳甫，整节课他都是垂头丧气的，像感染了瘟病的肥牛。

事后，柳甫对我发牢骚说：“马大姐他妈的还真厉害，一个电话就能将我爸爸那样日理万机的公司经理给招到学校。真他妈拿她没招！”他对他爸爸异常感冒：好歹也糊弄着一个小公司，在自己公司下属面前牛气冲天，但一到马大姐面前，就摆出一副下属的谦恭姿态。真没治啊！

柳甫在我面前经常流露出对他爸爸的失望情绪，说他爸爸是两面派，这面糊着纸，那面涂着润滑油，不是真正的男子汉。

“吃肉”事件让柳甫彻底远离了好学生的圈子。每次班上评优，柳甫只能靠边站。看他有点失落的样子，我估计他也不是不想当好学生。

9. 谣言

我算得上班里的好学生。班主任甄梦露上次还在班会上点名表扬了我。她说万卡同学学习扎实，遵守校纪班规，积极参加各项集体活动，云云。我的成绩也不赖，在班上人缘也很不错。每次评优，全班有大半数同学都会投我的票。

我的得意招致柳甫的嫉妒，他四处散布谣言，说我会拍马屁，会拍老师的马屁，也会拍同学的马屁。他说那狗屁的优秀，就是送给他，他都懒得要。他纯粹是那种吃不上葡萄就说葡萄酸的狐狸。

我不在乎柳甫那些酸得让人掉牙的话，我非常在乎甄梦露的表扬。

那天甄梦露表扬我之后，紧接着表扬了常畅。我是班上男生中好学生的代表，常畅是女生中好学生的代表。如果跟我同时受到表扬的不是常畅，而是别的女生，我肯定不会那么激动的。

以前我对常畅没有什么太多的感觉，不过是同学而已，见面打个招呼，也就过去了，从来没有将她搁在心上。

实话说，以前让我印象最深刻的女生是姜则天——也不只是我，恐怕班上所有的男生对姜则天都有无比深刻的印象。姜则天是班上个子最高的女生，身段非常苗条好看，可是她的面相却像男孩子一样棱角分明，偏巧她又爱理一头短发，她整个人看上去，就是一个假小子模样。她的性格也是大大咧咧，别人不敢说的话她敢说，别人不敢做的事，她也敢去做。我每每佩服姜则天的胆大率直，平时对她也特别留意，要是哪天她没来上课，就感觉教室里少了热度。不过，从初三上学期开始，我的这种心理状态居然在不知觉中发生了改变，我对姜则天的注意力开始转移到常畅身上，而且对常畅的关注跟以前对姜则天的关注是完全不同的。

我无法用言语来形容我对常畅的高度关注，只是感觉自己有一种很奇怪的心理，我希望时刻能见到常畅。一旦真的跟她面对面，我又有些局促不安起来。我不敢正眼瞧她，总喜欢在背后看她，看她走路的姿态，看她脑后那马尾辫有节律地晃动着。

这学期，我被选为班长，常畅被选为副班长。她就坐在我的前面。我差不多每天都会盯着她的后脑勺发发呆。常常在我盯着常畅那梳着光油油的马尾辫时，柳甫就盯着我。这样盯了几天，他就在我们背后造谣说："万卡跟常畅是一对金童玉女，两人般配得很啦。"

关于我和常畅的谣言顷刻在全班飞转，只有我和常畅蒙在鼓里。

终于有一天，课间休息，性子直爽的姜则天忍不住问常畅："常畅，你真的跟万卡好了吗？"

常畅一时没明白姜则天的话意，就说："我们本来就不错嘛，又没有吵过架。"

姜则天笑说："哦，难怪别人说你们好呢。"

常畅说："同学之间能不好吗？"

姜则天依然笑，说："看样子你一点不知道嘛。"

常畅说："我一点不知道什么嘛？"

姜则天说："人家说你们俩是天造的一对，地设的一双呢，说你们私下交男女朋友。"

常畅脸不由得有点红了，"什么天造的一对，地设的一双！谁在乱说！"

姜则天朝柳甫那边一努嘴，说："还能有谁说？除了那个柳先生，还能有谁呢！"

常畅有点生气，就去找柳甫，"柳甫！你在背后乱说我什么！"

柳甫嘴里正嚼着口香糖，耳挂着耳机听歌，没理会常畅。常畅更生气了，拍拍他的桌子，“柳甫！你别装蒜！”

柳甫这才摘了耳机，一翻眼说：“怎么回事？”

常畅气呼呼地说：“柳甫，你是不是在背后说坏话，造我的谣！”

“呃，你好端端的，我说你什么坏话了，造你什么谣啦？”柳甫茫然不知的样子。

姜则天斜眼瞧着柳甫，一副鄙视的神情，“我说柳甫，男子汉大丈夫，说话做事都要敢做敢当，你明明背后说人家常畅和万卡的坏话，你现在不敢当面承认了？”

“嗟！我什么时候说她和万卡的坏话了？”柳甫一脸无辜。

姜则天指着柳甫，“你真的没说？”

“真的没说！”

“你敢保证？”

“我敢保证！”

“真的没说哟？”姜则天故意用调侃的口气说。她从衣兜里拿出手机，调了一下音，“那就放给你听听这个啊。”

手机马上传来柳甫压低的声音，还伴随轻微杂音：“喂，老皮、老黎，你们过来过来，我告诉你们啊，我们班又多了件新鲜事，万卡那小子跟常畅黏上了，他们倒是一对金童玉女，看上去像那么回事哟。我看他们俩……”

柳甫一听姜则天播放的音频，不由得火了，“姜则天，我们私下聊天你竟然敢偷偷录音，你太不像话了！你这是在侵犯我们的隐私！”

姜则天冷笑说：“这也叫隐私？在公开场合胡乱议论别人的私事，这也叫隐私！查查字典，好好看看什么叫隐私！你这也配叫隐私！你背地里造人家的谣！你还不承认！我就瞧不上你这种小人！”

柳甫愤愤地说：“女特务！成天搞这套把戏！什么东西！”

“你骂谁呢？！”姜则天指点着柳甫的鼻子。

“我还能骂谁呢？”柳甫斜着眼，一见姜则天咬牙切齿的样子，他旋即又改口说：“我谁也没骂！你听我点谁的名没有？”口气明显地软了一点。

“你以后还在不在背地里胡乱议论人家万卡和常畅？”

“我背地里说什么，这关你什么事啊？”柳甫口气又硬了起来。

姜则天说：“就关我的事！常畅跟我是姐们！你胡乱议论我姐们，我就对你不客气！”

柳甫拧着脖子说：“你能将我怎么地？”

姜则天冷不丁一把上前封住柳甫的衣领，“我就将你这么地！”

柳甫冒着眼珠子，“姜则天，你敢动手？”

姜则天一昂头，“我就敢动手，怎么地？！”

“你给我放开！”柳甫朝姜则天晃晃拳头。

姜则天毫不畏惧，依然不放手。“柳甫，你今天敢动我一根寒毛，你就别想回家！”

原先柳甫和姜则天斗嘴，不少同学一旁围观。大家对这种课间小纠纷早已习以为常，多半抱着玩赏的态度。现在紧张局势升级了，大家又都不愿意他们俩真打起来，纷纷上前劝架。

在大家的劝解下，姜则天放了手，“柳甫，我今天就看在其他同学的面子上，不跟你一般见识！下次你给我放老实点。别到处放臭气熏人！”

柳甫呼哧喷一口粗气，回敬说：“行啦，算你厉害！我忍让你，是因为好男不跟女斗！”

姜则天暂时替我们出了气，但柳甫并没有收敛。没过两天，姜则天生病请假，没人出头跟他叫板，他又肆无忌惮地乱传我和常畅的“绯闻”。

我和常畅都忍无可忍，骂了柳甫，我们俩都红着脸。柳甫说：

“哟，夫妻双打局外人。”常畅羞得哭了。我气愤至极，抄起手边的书，朝柳甫的脑袋狠狠掷过去。柳甫揉揉脑袋，一点不恼，反倒更加嬉皮笑脸，说：“这更像夫妻帮了！”

让我感到有点意外的是，一向斯文的高凡响听到柳甫说这话，脸腾地红了，他忿忿地一拍桌子说：“柳甫，你别再作践万卡！你要再作践万卡，我跟你不客气！”

柳甫睁大眼睛盯着高凡响，一脸狐疑：“咦，这可真是见鬼了！前两天姜则天没事找事，跟我叫唤。你今天怎么接替姜则天了，也没事找事？你是跟姜则天串通好的？她不在，就让你来跟我叫唤？”

高凡响有些激动，说：“柳甫，你太过分了！你在扯什么淡！”

柳甫见高凡响真发起脾气来了，又摆出一副嬉皮笑脸的样子，“我是开玩笑的嘛，你知道我这个人向来喜欢开开玩笑的。我开开万卡的玩笑，不关你高凡响什么事吧？你掺和什么劲呢？”

高凡响情绪依然有点激动，“你那也叫开开玩笑？我要是胡乱地编造说你跟女生谁谁好，你什么感受？”

柳甫呵呵干笑一声，“我肯定很高兴啊。人家女生能跟我好，说明我有魅力啊。”

我忍不住骂道：“柳甫，你脸皮真是厚！”

“脸皮厚有什么不好？夏天能抗热，冬天能御寒。”

“你小子就知道说歪理！”我斥道。

高凡响插话了：“柳甫，不管怎么说，我都要警告你：你以后不许再作践万卡！”

柳甫无所谓的样子，说：“呵呵，我刚才说过，我开万卡的玩笑，不关你高凡响的事。”

高凡响义正词严地说：“你作践万卡，就等于作践我，我们是战友！”

柳甫以一种揶揄的口气说：“战友？你们是战友哇？什么时候成战友的？我怎么不知道？”

我鄙夷地说:“有必要让你知道吗?”

我和高凡响一起对付柳甫,让柳甫有点招架不住,柳甫也就自动退缩,“嘿嘿,他妈的真没劲,人家不过开个玩笑,犯得着你们这么激动吗?小样!”

“你才小样!”高凡响说。

“柳甫,你真是无聊透顶!”我说。

10. 班花评选

柳甫真是无聊透顶！不只我一个人这么说，班上一些女生和非柳甫死党的男生都这么说。

柳甫招骂是活该的。他将电视上选美的那一套玩意搬到班上来了，给班上二十三号女生的脸蛋和身段打分。

在柳甫的鼓噪和拉拢下，一些无聊男生凑了热闹，煞有其事地组成“班花”评委会。柳甫自封为评委会主席。我开始不想参加，但实在经不起柳甫的生拉硬拽，最终还是加入了所谓的“班花”评委会。

说来也有点意思，这次“班花”评选搞得一点不寒碜，效仿社会上的某些选美选秀，评选活动跟旅游观光结合在一起。时值金秋，我们都想看香山红叶。活动的发起人柳甫为了让评选圆满成功，也就投大家所好，决定将评选活动设在香山公园，时间是星期六。

星期五晚上，我就跟姨打招呼，说自己明天要去香山看红叶。姨说：“我也想着去香山呢。我们明天早点起来，一起去吧。”

我忙声明：“我们是几个同学一起去的。”

姨马上哦了一声，“家长不让参加？”

我不好意思地笑笑。

“行。我就不去了。你们是怕有家长在一旁，玩得不尽兴，是吧？”

“被您说对了，姨，就是这个意思。”我补充说，“我们约好，明天早上八点之前，在校门前集合。”

晚上睡觉前，姨尹雪敏给我准备了一书包吃的喝的，还有湿巾和手纸等一些日用必备品。

第二天早上六点，我就起了床。姨比我起得更早，正在厨房给我准备早餐。

等我上洗手间小解，洗漱完毕，早餐已上桌了。

吃完早餐，姨提出开车送我去，我没让。我说："您要送我，柳甫肯定要说我像个公子哥儿，连出去游玩，都要专车接送。"

姨笑笑，"他爸爸肯定不送他，他才这样说你呢。"姨对柳甫不陌生，每次她参加家长会，都会听到老师点柳甫的大名。对于柳甫这样成绩不好又有点捣蛋的学生，老师多半是不给家长面子的，总要狠狠教训家长不要光顾着赚钱，要多顾着点孩子的教育。姨尹雪敏不止一次跟我说过，家长会上，脸色最不好看的就是柳甫爸爸。

我说："柳甫还吹牛皮呢，他看不起他爸的车，说将来自己弄辆大奔坐坐，那才叫爽。其实谁都知道，他太肥了，他骑车，目的是为了减肥。不过，看他骑来骑去，也没见他有瘦的迹象，问题是他太能吃了。他的食量是我的两三倍。"

姨说："能吃也不差呀，你要能再多吃点就好啦！你还是有点瘦的。"

说话间，一切准备就绪。我背上鼓凸凸的书包，对姨说："我该走了，姨。"

我刚走出门，姨突然说："等一等，万卡。"她将挂在壁橱上的照相机取下来，塞到我的包里。

我说："姨，手机可以拍照的。"

"手机拍的没有照相机拍的效果好。"姨建议我看到好风景，多拍几张，回来让她看看。

我说："没问题的，姨，我一定将最好的风景拍下来。"姨微笑着点头。她送我下楼，嘱咐我路上当心。

天气不错，广袤的蓝天上游离着一点云丝，风微微地吹着，真正的天高气爽。我的心情也不错，哼着流行小曲，去公交车站坐车。

尽管今天是星期六，但车上的人依然很多，不亚于平常日。我猜想，大家一定是趁着好天出去游玩的。

不知是兴奋于看红叶，还是兴奋于班花评选，大家都有意赶早。我七点半到学校门前的车站，看到我们的伙伴该到的都到了。

大家一起坐车，朝香山进发。

身边没有老师，没有家长，大家没有任何顾忌，一路上嬉笑不已，什么样的玩笑都敢开，话题当然不离班花，惹得旁边的乘客对我们不时翻白眼。后来上来一个老爷子，大概对我们的嬉闹实在厌烦，就沉着脸说："你们几个孩子，太吵啦，能不能让人安静点？"我们这才有所收敛。

一到达目的地，大家就活动的程序展开一番小小的争论，普遍倾向于"先游玩后评选"。客观地说，大家真正的兴趣还是看红叶，什么班花评选，不过是顺便找乐子。

柳甫对此有些不满，说："你们真没劲，有必要争论这个问题吗？纯属脱裤子放屁！"他俨然一副组织者的派头，不容大家再讨论，做了定夺："先进行班花评选，然后再游玩。"他这么一说，也没有谁跟他唱对台戏，大家都跟他和了稀泥，依从他先评班花的决定。

柳甫公布了班花评选依据、方式与具体流程。依据："一好（脸蛋好），二美（身段美），三雅（气质高雅）"。方式：采用无记名投票。具体流程（三轮评选）：第一轮，由评委会每位成员提出五位候选人；第二轮，（根据票数多少）从第一轮评选的候选人中筛选出两人；第三轮，从第二轮评选的候选人中再选一位，得票最多者，就是"班花"。

两轮评选之后，常畅与曹耀祖进入最后一轮评选。我理所当然给常畅投了票。高凡响看我投常畅，也跟着给常畅投了一票。

最终评选结果，曹耀祖得票最多。柳甫击掌说他的眼光代表了公众的眼光。他投的是曹耀祖。

我为常畅没有当选班花而感到遗憾。柳甫说："常畅不够格，那单眼皮太平庸了，还有那嘴巴也很不标准。你看现在电视上那些选出来的美女，哪一个不是双眼皮大眼睛？哪一个的嘴巴不标准？人家那嘴巴嘛，说大不大，说小不小，反正好看。"

柳甫一副老成的样子让人很不舒服，我不免有点愤愤不平，"柳甫，你别在这里摆谱！你的审美观念有问题。曹耀祖固然是双眼皮大眼睛，但她气质不行，漂亮但俗气。人家常畅呢，气质多高雅。"柳甫怪怪地笑起来，"哼，情人眼里出西施。这话还真不假！"

我脸有点发烧，我瞪着柳莆说："柳甫，说话小点心！我倒没什么，关键是人家女孩子，要是知道你这样作践她，她不敲你的脑壳才怪呢！"

高凡响附和说："就是！别作践人！"

"我没说谁跟谁是情人呢。你这叫不打自招！"柳甫盯着我的眼。

我说："呸！"高凡响也说："呸！"

柳甫看看高凡响，又瞧瞧我，作深思状："哎，我说你们二位，我怎么瞧着有点那个，那个什么来着？你们两人怎么像是穿一条裤子啊？"

"扯淡！"我说，"就是穿一条裤子，又怎么了？"

高凡响似乎很高兴，他微笑着看了我一眼，脸转向柳甫说："就是，我们俩穿一条裤子，碍你什么事啊？"

我们打了一会儿口水战，其他男生——尤其是皮鲁和黎明德，乐得发颠，在一旁起哄：都别争，喜欢谁就勇敢上前，别遮遮掩掩！不过，要是人家女生不喜欢你们呢？哈哈！那就看你们的本事啦！

至此，该打住了，越说越让人的脸没地方搁了。我说："柳甫，不跟你说这些，没意思。"柳甫说："歪理跟真理较劲，当然没意思。"

我将头偏向一边，不理柳甫，招呼高凡响、皮鲁和黎明德他们："哥们，不要忽视了我们来的主要目的。该爬山，看红叶了。"我这一呼吁，大家马上响应。

柳甫让大家稍等。他故作姿态地说：“各位评委，辛苦了！下面我给大家发点慰问品。”

大家也乐得伸手，什么慰问品？快点发！

柳甫从他的挎包里提出一听可乐。我们不免泄了气，就这点东西？柳甫说：“礼品虽小，情义重，希望各位评委笑纳！给每人发一罐。”

柳甫这小子将可乐发到我这儿，还不怀好意地嘿嘿笑着，“别呛着。”

我拒绝接受。我一来不大喜欢喝可乐，二来有点讨厌柳甫那怪里怪气的样子。

柳甫说：“还记仇？小气鬼！”我说：“你才是小气鬼！”抓过他手中的可乐，扔给身旁的皮鲁。柳甫白了我一眼，宣布游玩正式开始。

我不知道别人看红叶什么感觉，我的感觉有点怪怪的，那红叶间老有常畅的影子在晃动。我举起相机对着红叶的时候，红叶间的常畅似乎还朝我笑了笑，等定神去看，却只有红叶。常畅似乎跟我捉迷藏，躲到什么地方去了。我就这么恍惚着，宛若在梦中。

这种白日梦总是瞬间的，刚刚入“梦”，就被柳甫他们冷不丁的喊声打破。他们都忘了带相机，嚷着要我给他们照相。尤其是高凡响，总是那么激动地要我给他照相，他单人照还不够，还老要搂着我一起合影。给我们俩拍合影照的是黎明德。黎明德拍着拍着，冷不丁地说：“万卡，我怎么觉得高凡响跟你情意绵绵的啊。”

我说：“别说这么醋溜溜的话好不好？叫人听了恶心。”

高凡响冲黎明德笑了笑，“嫉妒了吧？”

不管跟男同学怎么乐呵，我心里还是很感遗憾的，因为常畅没来。我想，我要是能和常畅两人一起看红叶，那才有味道。因为心不在焉，我对游玩渐渐失了兴趣。那些同伴却是玩得兴味盎然，我不能扫他们的兴，也就跟着他们瞎转。

熬到中餐时间，大家坐在半山腰上歇息，将各自带来的东西都摆出来，彼此混吃。

柳甫啃着我的鸡腿，慷慨承诺：为了答谢大家的真诚配合，哪天找个时间，请大家吃烤羊肉，正宗的新疆烤羊肉。我认识的一个哥们吃过，说味道好极了。

我对新疆烤羊肉兴趣不大，别人欢呼的时候，我颜色如常地喝着我的果汁。高凡响悄悄地塞给我一块三明治，说是他妈妈亲手烤制的，很地道。我吃了，味道的确很好。

填饱了肚皮，归家的打算强烈了。我说："我们是不是该回去了？"

大家一致赞成，都说待在这里时间长了，也有点腻味。

回去坐车，除了我和柳甫同车，其他那些同学都坐着不同路线的车回家。

我和柳甫两个冤家对头，坐在一起，居然都少了言语。他挂着耳机听他的音乐，我看着窗外。其实我们都有了心思。

11. 班花曹耀祖

关于班花评选的消息不胫而走。

周一我们去学校，就听见女生骂男生无聊，无耻，无味。姜则天尤其骂得厉害，她听说是柳甫带头弄的班花评选，将柳甫骂得狗血淋漓，骂柳甫是校园里一条小色狗。

曹耀祖也骂柳甫，只是她骂的时候，脸上似乎比别的女生多抹了一层亮亮的油彩。

女生骂归骂，终究没有谁向老师汇报这次活动的情况。不过，听觉灵敏的班主任甄梦露还是对我们的活动有所耳闻。我给她送班级考勤记录的时候，她笑着打趣说："瞧你们这些男生，干的都是些什么事呀！你们组委会这回评班花，下回是不是该评校花了？万卡，你以后得注意你自己的身份，你是班长呀！"她说得我浑身似乎在长刺，万分不自在。

甄梦露见我愧疚的样子，又说："行了，这事也就过去了。其实，也没什么，青春期干点无聊事，也不反常呢。"她这一说，又让我释然了点。

也许因为甄梦露对我委婉地批评，也许因为常畅没有如我的愿被选为班花，所以我对班花评选一直持否定态度。但柳甫却是无比肯定他这次评选，他认为，班花评选至少有一大好处，那就是改变了曹耀祖。

这一点的确不可否认。在没有当选班花之前，曹耀祖走路习惯于微低着头，她也不大爱说话。自从拥有了"班花"这个来自民间的名号，曹耀祖的腰板挺直了不少，话也多起来。她外在的形象也大大改变，比以前注重打扮了。

甄梦露上英语课，曹耀祖的目光始终盯着甄梦露，她在认真研究甄梦露的服饰。甄梦露却误认为曹耀祖同学学习态度端正了，她讲课讲出兴致时，也请曹耀祖起来回答问题。让英语老师失望的是，曹耀祖同学没有哪一次能将英语句子说得顺溜。

曹耀祖成绩很糟糕，全年级总共四百三十号人，她排名第四百二十八号。据说她小学一、二年级学习成绩不是这么差，自从她上小学三年级开始，她的学习就逐渐滑坡。

曹耀祖的爸妈就是那时离婚的。按离婚协议，她跟随妈妈，每个月的生活费由爸爸负担（由她爸爸按月打到她妈妈的卡里）。因为她妈妈要做生意，没时间照顾她，就将她托付给姥姥照看。姥姥对她也还疼爱，吃的，喝的，玩的——只要别的孩子有的，她都少不了。不过曹耀祖还是觉得在自己家里好。她希望天天看到妈妈爸爸。可妈妈常常一个月才过来看她，爸爸呢，一年到头，也露不了两次面，后来他索性连面也不露了。她开始不知道爸爸妈妈之间究竟发生了什么事，后来才知道他们离了婚，不在一起过日子了。她感觉爸爸妈妈都不爱她，成天闷闷不乐。她变得不爱说话，也不爱跟人交往，学习也没了兴趣，一上课就开小差，一做作业就头疼。考试不及格是家常便饭。

曹耀祖小学升初中时，她妈妈托人找关系，让她进了我们这所区重点中学，据说，她妈妈光以“赞助”的名义就给学校送了好几万。只是对于曹耀祖本人来说，进区重点未必合她的心意。她这个差生到了重点中学，更觉黑乌鸦掉进了煤坑里，要多黑，就有多黑了。她的学习跟不上，成绩始终在班级排名的末端。大家都看不起她，老师也不喜欢她。她早已抱定混日子的态度，混一天是一天。

曹耀祖原先坐在教室最不起眼的角落里。老师们一般对她不闻不问，她上课多半伏在课桌上，一副病恹恹的样子。自从甄梦露当班主任之后，她的景况稍有改观。

甄梦露第一次上课，就注意到坐在最后排的曹耀祖，便找她谈话。两个人的谈话并不顺利。不管甄梦露问什么，曹耀祖都只是听着，偶尔点头或摇头。甄梦露就觉得这个衣着体面、长相体面的女生可能有轻度自闭症。不过，她还是竭力温和地给曹耀祖一些建议，比如不要坐到教室的后排，多参加集体活动，等等。

甄梦露找曹耀祖谈话的第二天，班上开班会。班会的其中一项，就是调整班上的座位。按甄梦露的想法，座位不应该固定不变，实行每周轮换，最后一排的同学坐到前面第一排，倒数第二排的同学坐前面第二排，依次类推。这样一来，最后一排的曹耀祖就坐到了第一排。这对长期龟缩后排角落的曹耀祖来说，意义重大，至少在她看来，甄老师没有歧视她，将她跟其他同学平等看待。

换了座位后的曹耀祖上课姿势有所改变，尤其是在英语课上，她不再伏在课桌上，而是坐直了腰。

柳甫就坐在曹耀祖的后面。大概是这个时候，他开始关注起这个默默寂寂的女生。他没事就找曹耀祖说话。起先曹耀祖是不大理会他的，他说什么，她只是安静地听着。有一次，柳甫自以为讲了一个很得意的笑话，而曹耀祖的反应只是扬扬眉毛，柳甫有点急了，“我的曹大小姐，你就不能说两句吗？”曹耀祖看着他，浅浅地笑笑，仅此而已。

要是换成我，人家女生对自己要理不理的，我绝不觍着脸皮在人家跟前讨好卖乖。可柳甫就不，他这个死皮赖脸的家伙，不到黄河，心是不死的。曹耀祖越是不迎合他，他越是不罢休。

为了撬开曹大小姐的金口，柳甫可是费了不少心思。网上的幽默与笑话，道听途说来的搞笑故事，他都一一搜罗来，一有机会就给曹耀祖讲。

那天，他不知从哪个贴吧上搜来“小学老师对学生造句的批语”，又对着曹耀祖嘟嘟说个不停。

1 题：陆陆续续——下班了，爸爸陆陆续续地回家了。

批语：你到底有几个爸？

2 题：其中——我哥哥的其中一只左脚受伤了。

批语：你哥哥是蜈蚣吗？

3 题：欣欣向荣——我的小堂弟长得欣欣向荣。

批语：你的小堂弟是植物人吗？

4 题：又……又——我小舅长得又高又矮又胖又瘦。

批语：唔，你小舅是变形金刚？

5 题：马上——我立刻骑在马上。

批语：你下来吧！

……

柳甫边说边自个儿乐，见曹耀祖捂着嘴巴，似乎在笑，他一说完，就扳曹耀祖捂嘴巴的手，“怎么样？乐了没有？”

旁边的同学开始起哄。曹耀祖红了脸，打掉他的手，竖着眉说：“干什么呀你？！”

柳甫喜滋滋地看着曹耀祖，说：“曹大小姐，到底是精诚所至，金石为开呀。你终于开口跟我说话了！”

曹耀祖噘着嘴，说：“柳甫，你真讨厌！”不过，打那之后，她也主动找柳甫说话。

柳甫歪着心思搞什么班花评选，将曹耀祖选为班花。我敢百分之百地保证，柳甫纯粹是为了讨好曹大小姐。

自从曹耀祖在柳甫组织的班花评选活动中成为班上的“花魁”，她跟柳甫之间的关系产生了飞跃。两个人常常有说有笑的。有时柳甫也惹曹耀祖发恼，曹耀祖就捶骂柳甫。他们俩之间的举止言行总让人觉得有点不对劲，以男女同学的标准来丈量他们之间的关系，是有些丈量不准的。

没过多久，柳甫沾沾自喜地跟我透露他的甜蜜事，他确定女朋友了。我也斜着他，说："班花吧？"

他毫不掩饰地说："算你猜着了。"

"我就知道你小子没安好心！"

"交个女朋友，感觉挺好的。"他意兴勃勃，"万卡，顺便跟你招呼一声，以后放学我不能跟你一起走了。"

"跟班花一起走？"

"我要护送她回家。"

"哼，当护花使者？沿路都是警察，没人抢你的班花！"

"怎么说呢？"他眨巴眨巴眼，拿手当梳，将头发往后拢了拢，那样子竟有点风度，"跟你说了，恐怕你也不懂。"

"行了，别装模作样的！"

"真的，现在跟你说了，你真的不懂。等你找个女朋友，你才能懂我呢！"说完他就骑上车，朝我扬手说拜拜。

我忿忿地大骂："重色轻友！"

他回头冲我诡谲地笑笑，兴冲冲地去了。他骑车的身影像只躬背的大龙虾。第二天下午放学，我出学校的大门时，看见这只龙虾奋力地踏着自行车，他的身后紧紧贴着一只小母虾。我知道，这小子从此不清闲了。

每天下午放学，柳甫总是第一个冲出教室，从车棚拎出自己的自行车，在学校大门外的街道边等他的班花。

我嘲讽柳甫："你干吗不跟班花一起从教室里走出去呢？遮遮掩掩地干什么？做贼心虚，是不是？"

柳甫瞪着两眼辩解说："谁遮遮掩掩了？这是曹耀祖非要我这样做的。女孩子嘛，脸皮薄，完全可以理解。"

曹耀祖住在姥姥家。每次柳甫将曹耀祖送到她姥姥家的胡同口，再骑车回自己的家。这样来去倒腾，他花在路上的时间差不多两三个小时。每天清晨，他都特意赶早，草草吃点早饭（有时连早饭都顾不上吃），去接曹耀祖一起到校。即使是双休日，他也不闲着，也要骑自行车去找曹耀祖，带她出去玩。一天两天倒没什么，常年累月地能这样坚持，也是不简单的。真有点佩服这小子的韧性。

两个多月下来，柳甫这个胖墩子居然瘦了一圈。我故意问他寻到了什么样的减肥妙方。他牵着他那变肥了的裤子，也不直接回答我的问话，而是兀自得意，“太好了！我终于知道男生减肥妙法了。”

也难怪他那么得意，以前他妈妈为他担忧，说他太胖了，不只不利于身体健康，将来恐怕连女朋友都难找，硬逼着他减肥。他妈先是要他节食减肥，每餐规定他的食量，比以前少了一大半，柳甫顿顿都吃得半饱半饥的，一天到晚都觉得饥肠辘辘，坚持不了三天，他就开始背着他妈给自己加餐（在外买零食吃或是下馆子吃个够）。结果不但体重一点没减，反倒还比以前更胖。节食减肥根本行不通，他妈就要他进行运动减肥，什么游泳呀，跑步呀，打球呀，都一一试过，柳甫呢，每天也是进行了运动，每次运动之后，胃口更好，吃得比以前还多，越多吃当然也就越胖了。

对儿子柳甫的肥胖问题，他妈除了唉声叹气之外，也实在找不出好招。这回好啦，不用费一分钱，也不用费什么心思，儿子居然奇迹般地瘦了下去。这让柳甫妈惊喜万分，可是惊喜万分的同时，她又有点担忧：儿子也没采用任何减肥措施，怎么就瘦了呢？是不是他身体有什么问题？他妈就带着他去医院体检，结果显示儿子身体状况良好，以前血脂偏高，现在居然也正常了。柳甫妈的一块心病总算彻底消除，尽管如此，但她对儿子的瘦身还是有点好奇，毕竟她不知道自己的儿子有了私密事——小小年纪就交了个女朋友；不知道她的儿子每天骑车接送小女朋友上下学，风雨无阻，不辞劳苦；更不知道她的儿子仅仅是花点时间和力气，就达到瘦身的良好效果。

12. 皮鲁和黎明德的恶作剧

柳甫自从找班花曹耀祖做女朋友，将心思都搁在班花身上了，疏淡了他以前的那帮死党。这自然引起大家的不满。

皮鲁和黎明德尤其忿忿不已，他们曾与柳甫以最铁的哥们相称。没想到大家帮他评出班花，他就跟班花黏糊去了，如此重色轻友，实在不够哥们！说起来就叫人可气！

皮鲁和黎明德就商量着如何奚落这个柳甫。他们将上次从网上下载的一个笑话稍加改编，转发给柳甫。

年轻英俊的狼先生爱上了羊群里的一只美貌的羊。他听说这只美羊因为父母离异，有严重的自卑倾向，特意在狼群里搞了一次“羊花评选”活动，将这只美羊选为“羊花”。结果，美羊爱上了狼先生，但苦于找不到机会，向狼先生表白。有一天，她在狼先生家附近的青草地吃草，狼先生来了。羊小姐很激动，羞羞答答地对慢慢靠近自己的狼先生说：“看见你，我心跳得无比厉害，不知道该不该悄悄地走开。”狼先生笑了笑说：“你怎么能走开呢？”羊小姐有些兴奋，娇滴滴地问：“我为什么不能走开呢？”狼先生从容上前，将羊小姐往自己的怀里一拢说：“因为牵挂你的人是我。”

短信发出后没多会，就收到回复。

狼尝到葡萄，说葡萄真甜，所以他也就喜欢吃这甜葡萄。他原先的两个朋友——狐狸甲和狐狸乙因为没吃到葡萄，就忿忿地说：“他妈的，这葡萄真酸！”

皮鲁和黎明德有点恼火，他妈的，这是什么狗屁的短信！看来短信这暗招不管用，还是来点透明招，让柳甫那小子也知道一点咱俩的厉害。两人合计来合计去，就编了个顺口溜：

唐代有个杜官儿，生个儿子叫甫儿，
杜家甫儿了不起，小小年纪会写诗，
写起诗来忘了寝，后来大名传入京。
当代有个柳商人，生个儿子也叫甫。
柳家甫儿不简单，小小年纪把琴弹。
弹起琴来丢了朋，现在班上传恶名。

皮鲁和黎明德趁早课柳甫还没来之前，将顺口溜写在黑板上，为了引人注目，他们故意用彩色粉笔写。陆续进教室的同学觉得好奇，都要往黑板上瞅一瞅，没有谁不乐的。

等柳甫进教室时，班上有大半同学都知道那顺口溜了，不免议论纷纷，朝柳甫甩白眼，嘲笑柳甫。

柳甫气呼呼地将黑板上的那几句歪诗擦了，一扔黑板擦，拍了拍讲桌，叫道：“哪个王八羔子干的！有种的就留个名！”

其实柳甫知道黑板上的歪诗是谁写的，皮鲁那爬蟹一样的字迹，就是烧成灰他也认得出来，只是他拿皮鲁没办法。他吼的时候，皮鲁和黎明德勾肩搭背，正对着他斜眼咧嘴，从容不迫地等着他柳甫发作呢。柳甫只得忿忿地回自己的座位。

那天早自习，柳甫老实了点，破例没有跟班花曹耀祖唧咕。柳甫这种老实的样子没有维持多久，到第一节下课，他又恢复原先活跃的姿态，手舞足蹈地给班花讲笑话。皮鲁和黎明德见了又来气了。顺口溜起的作用也不大，那就来点更直接的！皮鲁悄悄地对黎明德说：“你的手机像素高，照相效果好，给他们来几张！”

黎明德拿出手机，从侧面给柳甫和曹耀祖照了两张，柳甫和曹耀祖居然没在意。皮鲁索性从黎明德手中拿过手机，走到柳甫跟前，“你们的样子真动人，我来给你们拍一张。”

柳甫嬉笑着，摆了摆姿态，一副不在乎的样子。皮鲁强调说：“听好了，情侣照啊！”

一听拍情侣照，班花曹耀祖不乐意了，摆手说：“去去！别在这里无聊！”

皮鲁和黎明德更兴奋了：“骂吧，不愧是班花，骂人的样子也很有风姿哩。”

曹耀祖嘴巴噘得高高的，朝皮鲁和黎明德直瞪眼。皮鲁和黎明德说：“哎，我说曹大小姐，你这朝我们瞪眼的样子也很动人呢。”

曹耀祖背过身子，不再理会他们，她回头找柳甫，“你管不管！”

柳甫说：“他们是开玩笑的嘛。”

曹耀祖说：“我讨厌开这样的玩笑！”

皮鲁说：“哟，这到底是对情郎说话，连腔调都变了，娇滴滴的啦！”

曹耀祖抓起桌上的语文书，朝皮鲁扔去。皮鲁接过书，又扔给黎明德，“行了，这书是曹小姐送给咱们的，咱们不要还真不合适。”

我们都在一旁看热闹，看这课间即时上演的戏怎么收场。要是以前，这类课间男同学欺负女同学的闹剧，“女汉子”姜则天十有八九是要主动上前干涉一番的，不过，今天姜则天却视而不见，只管挂着耳机听歌。她不太喜欢曹耀祖，尤其不喜欢曹耀祖跟柳甫黏糊。

下一节就是语文课，书是不能没有的。曹耀祖带着哭腔，向皮鲁他们索要书，“还我书！”

皮鲁和黎明德装作没听见，两人坐在那儿得意洋洋地看着柳甫。

曹耀祖呢，从皮鲁他们那里要不回自己的书，就朝柳甫说：“还我书！”似乎那书是柳甫拿走的。

柳甫安慰说：“别着急，他们是跟你开玩笑的。一上课他们就会还给你的。”皮鲁拉长声调说：“没那么容易！”

曹耀祖觉得很委屈，伏在桌上嘤嘤地哭起来。柳甫见曹耀祖真的生气了，就起身找皮鲁和黎明德交涉还书的事。

正闹着呢，语文老师马艳丽进了教室，一见教室闹哄哄的，不由得沉了脸，目光落在柳甫脸上，“怎么回事？”柳甫忙说：“没什么事，马老师。”

由于以前几次受柳甫的当堂冲撞，马艳丽对柳甫印象一直很差，柳甫的话她是不信的。她转过头来问我，“万卡，到底怎么回事？”我也说没什么事。

马老师勃然变色，“没什么事？！”她指着还在那里不停抽搭着的曹耀祖，“那曹耀祖哭什么？！”

我一时语塞。

马老师目光如电，“你是班长，班上发生什么事，难道你不知道？！你这个班长怎么当的？！”

我抬眼看看她恼怒的样子，心里有点发慌。说真话，我还是有点惧怕这个马大姐的。今天的事，我就是不说，接下来她一定会逼问副班长常畅的。我实实在在不愿意火烧到常畅那儿。我还是说了吧。

我原原本本地将事情的大致经过作了个概述，不过，关于皮鲁和黎明德“拍情侣照”，我有意将它简单说成“拍照”了。要是照实说，万一马老师要追究下来，说不定扯出更多的啰唆话来。

等我汇报完毕，马艳丽狠狠批评了皮鲁和黎明德，喝令他们将书还给曹耀祖，并要他们课后写检查。

我猜想皮鲁和黎明德一定对我很感冒，这两个家伙平素喜欢搞恶作剧，他们肯定会想办法报复我的。我准备一下课就跟他们解释。

等到一下课，马艳丽离开教室，皮鲁和黎明德就骂开了：“他妈的，猫哭耗子哭什么！招来黄鼠狼！”

我一听，他们不像在骂我，似乎在骂曹耀祖。这当儿要是过去跟他们解释，反倒会惹一身骚。我解释什么呢？我解释是老师逼着我说的，我是没有办法的？那有意思吗？拉倒，还是不说为好！

说起皮鲁和黎明德这两个小子的淘气劲，跟柳甫比起来，是有过之而无不及的，但论他们在老师面前的老实程度，似乎又比柳甫要高那么一点点。老师要他们干什么，他们从来都是百依百顺。只是老师一转背，他们就开始发威，叫骂不迭的。当下这本该休闲的课间，皮鲁和黎明德不得休闲，他们还得在一起凑着写检查。他们一边写，一边骂娘。

接下来是英语课，甄梦露一进教室，就询问事件的来龙去脉。大家都知道，班主任能在第一时间知道课间发生的事，是极为自然的。以语文老师马艳丽的性子，凡是她知道的事她都要及时反馈给甄梦露。

也的确如此，马艳丽上完语文课，回到办公室，第一件事就是找甄梦露说皮鲁和黎明德捣蛋的事，说这个班学生太无纪律，希望她这个当班主任的要整顿整顿班风。

甄梦露并没有像马老师那样严厉训斥，而是轻描淡写地说了皮鲁和黎明德几句：“以后要注意，开玩笑要适度，玩笑过头了，就是‘恶搞’。别人要是认为你恶搞，那其实是暗示你这个人素质低。实际上，你素质低吗？不低。”她转身又劝曹耀祖，“同学间开点小玩笑，也是难免的。你也不要往心里去，只当皮鲁和黎明德的嘴里吐出的是泡泡糖，只是这泡泡糖呢，闻起来一点不香，行了吧？”大家听了都乐。

在甄老师那里，这事就这么过去了，没发生一样。但是在语文老师马艳丽那里，这事还没完，皮鲁和黎明德将检查交给她，她还要皮鲁和黎明德当堂念一遍，弄得大家都觉得没劲。

后来我有事去老师的办公楼，听见马艳丽跟甄梦露在那里聊天

（估计是聊班级管理）。

马老师说："这帮学生，一个个都牛皮哄哄的，你就得对他们严厉一点，不能助长他们的气焰，老师必须有老师的威严！"

甄梦露说："唉，马老师呀，这些学生，怎么说呢？要是跟他们计较的话，可是计较不尽的！他们可爱的时候，也还可爱呢。"

我听了不觉有点欣慰，唔，看样子，还是我们的班主任老师最了解我们呵。

13. 柳甫与曹耀祖

我原先以为，柳甫找曹耀祖做女朋友，比起他们做男女同学，不过话说得多一些，打闹多一些，彼此之间无太多的拘束而已。他们之间也没什么有多了不起的事情，可事实很快颠覆了我的看法。

那天中午，我们在学校食堂吃完饭，各干各的事，有在教室里看看书的，有玩手机游戏的，有跟同学侃侃大山的，也有出去逛街的，上学校旁边的书店转转的。我在教室里待了一会儿，觉得有点闷，就拎着一本课外书出去，我想在校园里找个地方看书。

校园西角有一个地方比较僻静，那里有几棵青松，周围都是些灌木丛，旁边有一个配着四张小石椅的石桌，这时刻估计没什么人去那儿。我就直接奔那儿去算了。

一到那儿，我居然有了惊人的发现：灌木丛里晃着柳甫和曹耀祖的身影，他们紧紧地拥抱在一起！天，他们还亲嘴，像电视上的那些男女一样亲嘴，样子很投入！

在我的感觉中，亲嘴这种事情，他们好像是很不应该做的。我在家看电视，一逢到有这种镜头，大人们就会不动声色地调换频道，以前秦非可是这样，我奶奶是这样，现在尹雪敏也是这样。

家里人的这种反应无非在向我表明：这种镜头小孩子是不应该看的。亲嘴这种行为是大人们才可能做的事。柳甫和他主持选出来的班花曹耀祖为什么要做这种事情？真叫人闹不明白！

很奇怪呵，柳甫和曹耀祖在一起黏糊的时候，我怎么感觉自己的脑袋都有点大了，周身麻酥酥的？我什么事情也没做呵！我心里怎么像装着个什么鬼似的呢？颠过来颠过去地胡想，我越发疑心自己心里有鬼。要是心里没鬼，我怎么会是这感觉？

我本来想大声咳嗽的。可是，张张嘴，我又没敢咳出声。我要是咳嗽的话，会怎么样呢？他们会是什么反应？曹耀祖一定羞得满脸通红，柳甫那小子什么样？就难说了，也许没事一般，也许异常恼火，毕竟我搅了他们的“好事”。算了，我还是装作什么都没看见。我最终还是做贼一般地退了回来。

我刚退到甬道上，碰到我们的体育老师，我还没来得及跟他打招呼，他朝我微笑着点点头，就朝那灌木丛走去。我的神经顿时兴奋起来，柳甫呀柳甫，你们胆子真是不小，大白天的，在校园里搞什么名堂呢？！这回好了，被老师撞见，看你们如何收场哟！

我瞪大眼睛看着体育老师经过灌木丛。令人有点遗憾，大块头的体育老师挺着胸脯，目空一切地过去了。

这时，别班的两个学生从灌木丛那边过来了，同样，他们什么反应也没有。难道发生在灌木丛里的一幕他们没有发现？还是他们发现了，根本就无所谓？

窥视别人的隐私，到底是无聊事。我决定回教室去。

我正准备起步，过来一位女老师，她经过那灌木丛时，很分明地清咳两声，也就过去了。我确信那位女老师看见灌木丛中的男女学生，她怎么就视而不见呢？

我很自然地想到，要是这位老师是我们的语文老师“马大姐”马艳丽，那情景会怎样？上回柳甫在她的课堂上制造的“吃肉”事件，让她这个当老师的丢了颜面，这回她亲自抓住柳甫的把柄，岂能轻易放过？她怎么也要利用这个机会，好好教训这个不知天高地厚的学生。她大概不会怎么地训斥曹耀祖，以她的眼光，曹耀祖虽然成绩不好，但还算乖学生，肯定是柳甫引诱曹耀祖的。她会声色俱厉地训斥柳甫，学生不像个学生！她还会将这事反映到班主任甄梦露那里，甚至有可能反映到教务处呢。

班主任甄梦露对这事会是什么反应呢？我能想象得出的。

甄梦露与马艳丽是完全不同的两种性情，我们当学生的都深有体会。这样的两个老师在处理同一件事上，态度总是迥然不同的。马老师喜欢小题大做，而甄老师习惯于大题小做。一些在马老师那里看来是严重事件的，一旦到甄老师那里，往往被当作寻常事处理了。

柳甫和曹耀祖在灌木丛搂抱亲嘴这种事，如果搁到马艳丽那里，问题是极其严重的，初中生就搞恋爱，不像话，必须加以抑制！相对于马艳丽的粗暴干涉，甄梦露对这种事的处理，一定很谨慎，她必定单独找柳甫和曹耀祖谈话，开导他们：男生跟女生好，也不是不正常，但是呢，要有分寸。毕竟你们都还小，现在最重要的任务是学习。希望你们维持纯洁的同学友谊。

柳曹二人的亲热真是让我思绪万千，回到教室，我还在想着这事，当然，纯属胡想。

按往常，这时段我应该做做上午老师布置的作业。我拿出作业本，开始做作业；可是怎么也做不下去。我只好罢手，有点呆呆地坐在那里，目光落在前面的位子上，那本该由常畅占据的位子现在空着。我感觉我的心，现在也是空着的。

黎明德经过我身旁的时候，我没有在意，直到他拍我的肩，我才反应过来。

最近一段时间，黎明德和皮鲁很少跟柳甫掺和，反倒有意往我这边靠。我跟柳甫不同，我不喜欢拉帮结伙，搞什么这党那派的。最初对于黎明德他们的靠拢，我是存有戒心的。毕竟他们在班上口碑不好，什么赖皮、混混之类的字眼时常扣到他们身上。我要成天跟他们搅和在一起，班上的其他同学难免对我看法不好。不过，后来我发现他们并不像我想的那样差劲。他们和柳甫闹了一些矛盾，加上班主任老师找他们谈过几次话，他们渐有“从良”的倾向，学习态度比以前也端正了不少。我当然也就愿意跟他们走近。

黎明德说：“万卡，你发什么呆呢？”

我说:“没有哇。”

他伏在我耳边,神秘地说:“想不想看一样东西?”

我说:“什么东西?”

他依然一脸神秘的笑,“你说想不想看?”

“那要看什么东西嘛。不值得看的,我当然不想看。”

“当然值得看喽。要不然我就不拿给你看啦。”他挤坐在我的位子上,拿出手机。

我以为是什么搞笑的幽默或笑话,等他将要给我看的东西翻调出来,往我的眼前一展现,我两眼就瞪成了一对水饺。

是几张相片。尽管都是侧面照,但依然清晰看出照片上的人是柳甫和曹耀祖。

第一张,柳甫将曹耀祖搂在胸前。

第二张,柳甫跟曹耀祖相拥对视。

第三张,两人搂抱亲嘴。

这都是我中午见过的那些情景啊!黎明德看我惊呆的样子,“嘿!瞧你,快成刘姥姥了!没见过是不是?”

我佯装什么也不知道,问:“你什么时候拍的?”

“就这中午啊。他俩在灌木丛里干那事,被我撞见了。你想,这是好题材啊。我手机又闲着,就拍啦。”

“你拍这些干什么呢?”

“我看柳甫那小子跟班花越来越不像话了,要给他们一点颜色看看!”

“人家可是无所谓的。”

“哼,无所谓?我要是将这些照片贴到网上去,他们还无所谓?”

前些天就听说黎明德开了博客,他将这些照片贴上去,倒是轻而易举的事。要是这么一贴,那柳甫和曹耀祖不想出名都难,他们的亲热照该在网上乱飞了!

只是，这是非同小可的事。我曾听我姨说过，她有个同学因为自己的照片被一个朋友擅自传到网上去，跟人家闹得很僵，最后两人还闹上了法庭。

黎明德要是擅自将他偷拍的这些照片传到网上，柳甫和曹耀祖的日子不好过，他们绝对不会放过黎明德的。到那时，恐怕就闹得不可开交了。

作为他们的同班同学，我不希望出现那种难堪的局面。我奉劝黎明德千万不能做那种过头的事情，为了增加说服力，我还举了我姨的那个同学的例子。

我和黎明德正说着，皮鲁两手插在裤兜里，慢腾腾地走进教室。他大概上学校附近的肯德基店里吃的中餐，那嘴角还残留着一点番茄酱。

黎明德冲皮鲁招招手，使眼色，让皮鲁过来，那神秘兮兮的样子真有点像电视剧里地下党搞联络。

皮鲁不搞神秘，嘴里嚷着："啥事呢？"这小子曾上武术培训班学过几套翻越腾跳之类的野招，他一时兴起，腾身一跃，噌地就从讲台那边窜到我们这边来了，动作还挺干净利落的。

黎明德一边看着手机，一边学娱乐播报的著名男主播的腔调，故作庄重地说："这里是娱乐播报。我是主持人黎明德。今天中午，在北京著名的H中学发生了一起艳照门事件。"

教室里其他几个同学听了觉得有点好奇，纷纷凑过来问：发生什么艳照门事件？我们怎么一点不知道？黎明德得意地说："你们一个个都像缩在瓮中的鳖鱼，外面的事你们当然不知道啦！"

几个同学不大高兴，说什么鳖鱼不鳖鱼的，卖什么关子嘛！我一旁圆场说："你们别信他说，开玩笑的呢。"他们很快没了兴趣，纷纷回自己的座位去了。

皮鲁抢过黎明德的手机。黎明德晃着身子，"哥们，好好瞅瞅，饱个眼福。"皮鲁瞅着手机上的照片，瞪起两眼，故作惊讶状，"哟，这小子有点名堂嘛，什么时候学的这个？咱们怎么就没学来？”

黎明德不屑地说：“学这个有什么用？哥儿我就瞧不上！”

皮鲁马上应和，“也是，干这种重色轻友的勾当，实在算不上男子汉！”

黎明德又回到开始跟我说的那个话题，作思忖状，“我得给柳甫这小子一点颜色看看，警告警告他。毕竟哥们一场，不能由着那小子胡闹，胡闹下来准得出乱子的。”

我说：“你刚才说要将照片贴到网上去，真要这么弄？我觉得这很不好。”

皮鲁说：“那有什么不好？你没看见网上的照片漫天飞吗？现在不少人玩自拍呢。赶明儿我也玩玩自拍，照片粘到网上去，让大家一睹我这潇洒模样。”

黎明德右手食指顶着左手掌心，朝皮鲁作了个叫停的动作，“咱说正经的。网传这照片跟网传自拍照片不一样，主要目的是为了起警戒作用。”

我扯扯黎明德的衣袖子，严肃地说：“你可千万不能将人家的照片传到网上，弄不好要出大乱子的！”

皮鲁佯装一脸的不理解，“出什么大乱子？这一贴，他们很快就会出名的呵！”

我坚持说：“反正你们不能这么做。你让人家以后还做人不做人？”

黎明德笑笑，“万卡，看你为柳甫和曹耀祖紧张的样子！你得了柳甫和班花多少好处，这么向着他们？”

我说：“这不是向着不向着的问题。这可是涉及个人隐私呢。”

黎明德说：“实话告诉你吧，你以为我真的将照片传上去呀？我只是想吓唬吓唬柳甫！”

哦，是这样的。我轻轻地嘘了一口气。

14. 心，有点乱

下午第一节快要上课时，柳甫和曹耀祖才进教室，一个从前门进来，一个从后门进来。看上去，他们俩若无其事，好像什么事也没发生。一下课，他们又在那里唧唧咕咕。

黎明德跟皮鲁也聚在一起唧咕，我猜想他们大概预谋着要对柳甫采取某种行动。

不知出于一种什么心理，我拿出手机，编了几句话，发给柳甫。

情书没见一天飞，校园鸳鸯已成对。
螳螂中午追蝴蝶，黄雀随后拍相片。

短信发出去没多会儿，上课铃声响了。我扭了扭头，瞧见柳甫正对我翻眼。我的短信八成让那小子受刺激了。

上课时我的手机振动了两下，来短信了。我想看，又没敢看，生怕被老师发现。我得时刻提醒自己是班长，上课不能看短信，这种低级错误不能犯。没多会，手机又振动了两下，短信又来了。我强忍着好奇心，坚持到下课才看短信。

两条短信都是柳甫那小子发过来的。

第一条只有一句话：莫名其妙！

第二条是一个小段子：

鸭先生爱上了鹅小姐，一听鹅小姐唱歌，他就很舒畅。但他胆子太小，又不敢向鹅小姐表白。他看见狼先生跟羊小姐交男女朋友，大概有嫉妒之心。狼先生胸怀大度，向鸭先生传授如何交男女朋友的妙招。狼先生的妙招：无他，唯勇往直前耳！

我敏感得很，柳甫在短信里影射着说我呢，我是那个鸭先生，那个会唱歌的鹅小姐指的就是常畅。

第一条短信我没感觉，第二条短信让我有些郁闷。常畅就坐在我前面，我有再多的心里话，都不敢跟她说。甚至连多看她一眼，都觉得有点难为情。我的胆子的确太小了！

放学后，班上的同学陆续离开教室。我看见常畅还趴在桌上写着什么，我特意不着急走，慢腾腾地收拾课桌上的书本。

柳甫从我身旁经过时，特意拍了拍我的背，朝我前面的常畅努努嘴，一脸坏笑，故意压低声音：“你小子，别光顾着嫉妒别人，要加油哟！”

这小子点中我的要害，我实在没底气发作，眼睁睁地看着他春风得意地出教室。皮鲁和黎明德尾随其后，他们俩搞什么名堂我没兴趣，也就懒得再去过问。

我百无聊赖地将书本往书包里放进又拿出，拿出又放进。

教室里的人走得差不多了。常畅也开始收拾书本，我很想跟她说话，可又不知该说什么。倒是她看见我在那里磨磨蹭蹭，先跟我打招呼，“万卡，你怎么还不走呢？”

我有点慌乱，避开她的目光，说：“哦，我收好就走。”

她对我笑笑，“那我先走啦。”一甩马尾辫，快步走出教室。我瞅着她的背影不由得发愣。我哪根神经出了问题？明明我是想单独跟她待在一起的，她喊我的时候，我本来可以顺理成章地跟她一块儿走嘛，至少我们可以同一小段路，说说话。可是我怎么反应那么迟钝？她走了，我又懊悔得很。

我拎起书包，没精打采地走出教学楼，在校园里看见甄梦露老师。她和一个留长发、身材颀长的男子并肩走在一起，那男子手中拎着一个大提琴。按照柳甫曾经对我的描述，那男子肯定是她那搞音乐的男朋友。我看见我们的甄梦露老师挽起那男子的胳膊，甜甜蜜蜜的样子，我更感脑袋晕了。

我避到一旁，没有跟甄老师打招呼。等他们都出校门了，我才慢悠悠地走出学校，去公交车站坐车。

今天是周末，公交车站聚集了很多等车的人，其中有一半是学生。

公交车来了一辆又一辆，可我要坐的车迟迟不来，我有点烦躁。还不如让姨开车来接我呢。可很快又打消这个念头。这点儿路上正堵车，姨就是开车过来，恐怕也会被堵在路上。姨很不容易，每天早上她要送我上学，然后才去她的店里上班。我实在不能给姨添太多的麻烦。这个时候，她一定忙着在家给我准备晚饭。

车终于来了，我挤上车。我的上衣口袋里传出音乐，我猜想八成是我姨在打我手机，往常这个时候我应该已经到家了，她肯定不大放心。从口袋掏出手机接听，果然是我姨，她问我现在到哪里了，要不她开车过来接我一下？我说我正在车上，很快就能到家的。

身边是一个女孩子，面相居然跟常畅有点像，只是她没有常畅皮肤白皙。我鬼使神差地将她当作常畅。站在公交车上，拉着吊环，摇来晃去的，有时急刹车，她晃了晃，倒在我身上，轻声说对不起。我因为心跳得厉害，连“没关系”都忘了对人家说。

回到家，已经七点半了。姨说：“坐车人多吧？以后还是我开车去接你好了。”我说：“姨，路上堵得厉害，你开车接也一样堵。”

吃饭时，姨说：“万卡，最近感觉怎么样？还好吧？”

我支吾着说：“还好。”埋头吃饭，没有顾及到姨一直在注视着我。当我扒完饭，搁下碗。姨说：“吃这么一点？”

我说：“饱了。”

姨说：“万卡，你是不是哪儿不舒服？怎么吃这么少呢？”

我说：“中午在学校吃得太多。”我撒了谎，中午学校的营养餐并不多，充其量吃七八分饱。

姨说：“那你吃点苹果。饭前汤，饭后果，有助于消化的。”

我就在水果盘里拿牙签挑了几片苹果，塞进嘴里。我要不吃，她又会温和地开导我。她做我的姨已经快八年，她已经将我的饮食习惯调理到她自以为科学健康的轨道上来了。

吃完饭，我跟姨尹雪敏坐在客厅的沙发上看电视。电视是55英寸等离子电视，让人看着十分舒适。电视里播放着都市情感剧，头一集看着还凑合，到第二集，出现男女搂抱亲嘴的镜头。姨迅速换台，并唧咕：现在的电视真是没法看的。我知道，这电视我不宜再看下去了，便起身回自己的书房。

在自己的小天地里，我不知道自己该干什么，书是看不进去的，玩了会电脑游戏，觉得没意思，也就不玩了。打了个哈欠，有那么一点倦意。我想，还是洗漱洗漱，睡觉算了。

那时姨已经关了电视，关照我早点休息，就上楼进她的卧室了。我听见她的卧室隐隐约约有人声，她肯定没有睡觉，在看影碟。

姨常常一个人在卧室里关着门看影碟。她到底在看什么样的影碟？以前我对此很少有兴趣，但是现在，不知为什么，我却极想知道她究竟在看什么碟。

第二天上午，我趁姨出去逛商场的当儿，溜进她的卧室里翻看，影碟都搁在床头柜里，那些碟的封面花花绿绿，除了女人就是男人。他们中有些人的样子叫人心惊肉跳，那穿着的大概都是“皇帝的新装”，我怎么也看不出他们到底穿了什么衣服。我真想看看这些男女到底在屏幕上都干些什么。

强烈的好奇心驱使我打开影碟机。我随便拿了一张碟，放到影碟机，准备打开时，床头的电话（分机）就响了，我没敢去接，那电话一直在响，看样子不接是不行的。我只有接了。

电话是我爸爸万达打来的。

“万卡，家里怎么样？”

“还好。”

“你姨呢？”

“出去买东西了。”

“你在干什么呢？”

“我，”我有点心虚，马上镇定下来，“我在看书。”

“嗯，是得好好看书。学习必须自觉。最近考试了没有？”

“还没考。过两周就要考了。”

“好好复习，争取考好。”

“我知道。”

我爸爸挂电话时，又训导我一番，要我听姨的话，好好学习，不要跟不三不四的人混在一起，也不要跟那个柳甫混。

每次打电话我爸爸几乎都要说这些，我听得都有点麻木了。不过，不可否认，他的电话训导还是有点警示作用，我搁了电话，在床头柜旁边的小沙发上闷坐片刻。

我犹豫着要不要看看那碟，商场离家不太远。万一姨突然回来呢？我想了又想，还是决定放弃看碟。

我离开姨的卧室没多会儿，姨就回来了。那一刻，我有点庆幸自己，要是这会儿在她卧室里看碟，被她撞见，那该有多尴尬！

看碟的欲望始终是有的，特别是晚上姨关在房间里看碟，我的心就痒痒的，我总是想寻求机会看上一看。

机会随时都有。星期天，姨又出去了。她说她有个亲戚来北京出差，她去机场接一下。我在窗边看见她车一开走，就溜进她的卧室里翻看影碟。令人遗憾的是，床头柜里的影碟已经没了，里面装着几本书，比如《做一个智慧女人》《如何做一个好母亲》等。

我这才想起我上次翻她的床头柜，忘记将影碟从影碟机里拿出来，放回影碟盒。姨一定察觉我的作为了，为防止我再偷看，她索性将那影碟藏了起来。

屋里待着实在有些烦闷，我索性出去透透气。

15. 私拍风波

我出了家门，来到小区的街心花园，碰巧撞上了柳甫。

柳甫骑着自行车，样子急匆匆的。我忙叫住他，说："柳甫，你这风风火火的，要上哪儿去呢？"

柳甫用脚支着自行车，暂停在我跟前。"找黎明德和皮鲁！"他的话里带着点火气，"那俩小子真不是东西！竟敢偷拍我和曹耀祖的照片，还扬言说要传到网上去！"柳甫咬牙切齿，"我他妈的又没有做什么伤天害理的事，不就是找个女朋友，犯得着这样跟我作对吗？！他们要真那样，我不撕了他们，我就不姓柳！"

我忙替皮鲁和黎明德开脱，"他们一向喜欢开玩笑，你又不是不知道？"

"开玩笑？看那样子，可不像开玩笑！"柳甫皱紧眉头，"行了，不跟你说了！跟你说了也没用！"他一踩脚踏，急燎燎地骑车走了。

看着柳甫的背影，我突然有点同情他。以前他没找曹耀祖做女朋友，心宽体胖，那日子过得要多爽就有多爽，他振臂一呼，说要干个什么事，皮鲁和黎明德他们基本上就跟着应和了。现在他找个女朋友，人也瘦了，皮鲁和黎明德他们还处处拿他寻开心。以柳甫的话说，表面是说他重色轻友，骨子里就是皮鲁和黎明德嫉妒他！我想这也许是问题的症结所在。

我好像也曾经嫉妒过他，只是现在我好像理解柳甫了。也许正像柳甫说的，找同性男朋友是他的自由，找异性女朋友也是他的自由。他就不明白，为什么别人要干涉他的这种自由？

柳甫的话听起来是无可辩驳的。我想到我自己，我是不是也有找女朋友的自由？要是常畅愿意做我的女朋友，我是不是也就跟柳甫一样了？

因为对柳甫的理解与同情，我给皮鲁打电话。我说：“不要再为难柳甫了，好不好？他也怪可怜的。”

皮鲁哈哈笑了，“他可怜？你也太搞笑了吧！万卡，你小子是不是被他灌了什么迷魂汤？你大概还不知道吧，星期五下午一放学，我和黎明德跟他说照片的事，他牛皮得很哩！不信你问黎明德。”原来他跟黎明德在一起。

电话马上传到黎明德那里。从黎明德那里我这才知道，黎明德和皮鲁跟柳甫说照片的事，柳甫吊儿郎当地将他们俩大大嘲讽一番，说他们这是嫉妒他柳甫有女朋友了，有本事自己也去找一个嘛！皮鲁和黎明德气得鼻孔冒烟，他们要跟柳甫彻底撕破脸皮：就给这小子来真格的，看他还神气不神气！照片嘛，网传！与此同时，他们也给曹耀祖发了个短信。曹耀祖吓坏了，跟柳甫哭闹，说照片要是真传到网上，她就不活了！哭得柳甫胆战心惊。柳甫这才对此事高度重视，提出跟皮鲁和黎明德交涉。

黎明德有点忿忿地说：“本来我们是想跟柳甫开开玩笑，他竟然不知好歹，威胁我们！好，你越威胁，我们偏不理你那个茬儿！”

“那你们的意思？是真给他传到网上去？”

“明人不做暗事！”皮鲁掷地有声。

“千万别这样，你们可要三思而后行啊。”我忙劝解。

“万卡，我们也将你当哥们。”黎明德严肃地说，“这事你就不要掺和进来了！”

看样子，我是插不上手的。我有些担心：事情八成要闹大了。

挂了这边电话，我掏心掏肺地为柳甫着想，又给柳甫打电话，我劝他不要再硬了，我说：“皮鲁和黎明德那俩小子脾气拧得很，你又不是不知道？你要是再硬下去的话，对你和曹耀祖真的没好处。”

柳甫闷声闷气地说：“那你说怎么办？我去求他们？”

“能有什么办法？好汉不吃眼前亏。你是个男子汉大丈夫，要学会能屈能伸。你现在这个节骨眼上去求求他们，能有损你几根寒毛？”

柳甫叹气说：“我到现在才知道，真正够哥们的只有你！好，万卡，我就听你的。”

我说：“那你赶紧去找他们吧。”柳甫应了。

过了一会儿，柳甫来电话了，乞求我跟他一起去找皮鲁和黎明德，让我帮他说说情，绝不能让那照片流布天下哟！

我说：“其实我刚才给你打电话之前，就已经跟他们说了，可他们不听我的。还是你自己去说吧。”

柳甫再三乞求说：“你还是过来吧。”

我说：“你让我上哪儿？”

“中国科技馆。皮鲁和黎明德在那里。我现在快要到了。你打车过来吧，的费我出。”

话说到这个份上，我就同意了。打车去中国科技馆，途中跟我姨发了个短信，说中午我不回家吃饭了，同学约我有事。

一路畅通无阻。二十多分钟，中国科技馆就出现在眼前。柳甫已经在不远处的马路旁等我，看到我这边的车一停下，赶忙过来，抢着给我付了车费。

按柳甫的意思，我给皮鲁打电话，为柳甫说了一堆好话，我说柳甫现在后悔了，哥们到底还是哥们，跟哥们较劲是最愚蠢的行为。

皮鲁说：“柳甫真是这么说的？”

我说：“不是他说的，还是我编话的？唉，好歹都是哥们，有什么了不得的事呢？得饶人处且饶人嘛！”

“谁叫他牛皮哄哄的！重色轻友，还严重有理，我就看不惯他这种德行！”

“好了好了。这回你们就放他一马啊。”我替柳甫做了主张，

“柳甫说了，他请大家玩玩科技馆，然后还要请你们吃馆子。你们就给个面子吧。”

皮鲁和黎明德很爽快地答应了。我知道这正合他们的心意。这俩小子就是想借此敲敲柳甫的竹杠。

柳甫掏钱买了四张中国科技馆的门票。其实之前我们都玩过科技馆，这次再进馆玩，也不过是随便转转，差不多到中餐时间，我们就从馆里转出来了。

柳甫请大家在科技馆东侧的一家档次不低的餐馆里吃饭。皮鲁抢着点菜，净挑上档次又好吃的菜肴点，譬如干烧大黄鱼、红烧肘子、葱香虾、石锅牛蛙。我看他点的都是些大菜，就说：“再来个素菜，就可以了。咱们就四个人，点多了也吃不了。”

黎明德满不在乎地说：“多点几个菜。今天是柳大哥请客呢，柳大哥有的是票子！”他从皮鲁那里要过菜单，又点了红烧牛肉、蛤蜊炖蛋，他将菜单递给我，“万卡，你也点一个。”我就点了一盘大拌菜。皮鲁环视大家，“喝点啤酒怎么样？”我摇头，说：“我酒精过敏。”黎明德说：“那就来一扎鲜榨苹果胡萝卜汁，怎么样？”我说可以，皮鲁也没意见。

我们点餐时，柳甫不自然地摸摸自己的下巴，不时看自己的手机，始终没说话。我分明地感觉柳甫神情有点异常，以前他带我们下馆子，可是一副财大气粗的潇洒劲。我猜测他大概是钱兜有点憋屈。

果然，准备结账时，柳甫摸摸自己的鼻尖，拽拽我的衣角，样子有些难为情，他大拇指和食指在一起捏了捏，又朝我冲出一个指头，我就明白他钱没带够，向我借一张大人图。这算是紧要关头，我不能不解他的燃眉之急，赶紧塞给他一百块钱。

事情说来很简单。皮鲁和黎明德这俩小子好玩好吃，只要让他们玩得尽兴，再拿好菜封住他们的嘴，什么话都好说了。

柳甫去收银台结完账回来，一落座，扫视着皮鲁和黎明德，直奔主题：“说说照片的事吧。”

我接过来说：“我们今天也让人家柳甫放了不少‘血’。玩笑开得也差不多了，该结束了。”

黎明德正忙着剔牙，没工夫答腔。皮鲁狡黠地看了一眼黎明德，先开了腔：“柳甫，咱们明人不说暗话。我们对你有几点意见。第一，你哄着我们搞什么班花评选，结果，你将班花弄成自己的女朋友了。这不是大丈夫所为。第二，你有女朋友，就不理我们了。这不是哥们所为。第三，你找班花做女朋友也就罢了，你不理我们也就罢了。你跟班花在校园的灌木丛里搞什么勾当，没人瞧见，也就罢了，问题是让人瞧见了，而且还是你以前的哥们瞧见了，这事你怎么说？”

黎明德扔掉牙签，抢过话头，“我该不该拍你们？我拍你们，是想给你们一个警戒。结果呢？你什么态度？你还要牛皮！”

柳甫打起笑脸，“哎呀，人非圣贤，孰能无过？人总有犯迷糊的时候嘛。你们都是宰相肚子，还跟我计较这个？”

“你要早这种态度，犯得着我们弄这一套吗？”皮鲁说。

我一拍手，说：“皮鲁这话说得再明白不过了。既然大家都不计前嫌。那就说说这事怎么解决吧。”

柳甫说：“我希望那些照片永远消失！”

皮鲁和黎明德又对视了一下，互相点头。皮鲁说：“柳甫，我们同意你的要求。”黎明德就拿出自己的手机，递给柳甫。柳甫将那几张照片永久删除。

柳甫将手机还给黎明德的时候，脸上满是无奈和郁愤，“你们呀，可真会折腾人哟！你们搞这种‘私拍’，其实是侵犯我的隐私权！”

皮鲁用手点指着柳甫的鼻子，“隐私？！你跟班花在公共场合黏糊，那也叫隐私？！我可告诉你，那不叫隐私，那叫丢人现眼！”黎明德一旁附和：“就是！有碍观瞻！”

我圆场说：“好啦好啦。你们别再争啦。”

柳甫仰了仰脑袋，不服气地说：“狗咬耗子，多管闲事！服了你们了！”

皮鲁换了嘴脸，一把搂住柳甫的肩，嬉笑着说：“谁叫咱们是哥们！哪能眼瞅着哥们犯错误不管呢？哈哈！”

黎明德说：“柳甫，这事咱们就算过去了。不过，我们也明确地告诉你，下回你要是再跟班花在公开场合丢人现眼，让我们拍下来了，可没今天这么简单了！”

柳甫苦着脸，说：“哎呀，你们，你们干吗老跟我过不去呢？”

皮鲁冲柳甫一拧眉，“听你那口气，还有下回喽？”

柳甫忙摇手，“我不是这意思。”

黎明德说：“你自己得反省！不是我们有意折腾你。你看万卡，我们折腾他没有？人家做事就注意分寸。”

这话什么意思？是暗示我也找女朋友？我马上声明说：“你可别将我跟柳甫扯到一起！我可是什么事也没有！”

黎明德笑了，我感觉那笑有点不怀好意。

我们离开饭馆的时候，柳甫的手机响了，他避到一边接电话，声音虽小，但大家都还听得真切。在我们的密切注视下，柳甫通话很简短：“事情摆平了。不要再担心。……等我。”他那个飞吻却是没逃过我们的眼睛。谁打给他的电话？那是不言而喻的。

通话一结束，柳甫将我扯到一边，跟我耳语，“万卡，再借点钱给我吧。”我说：“你老借钱，干什么？”他说：“身上不带钱，不踏实。再借两三百给我吧。明天一到校，我就还你。”

我给了他一百，说：“我只能借你这么多。我自己也得留点现钱。”他接了钱，拍拍我的肩，“一百就一百吧。你真够哥们！”然后他就跟我们打招呼，说他有急事，得先走了。冲我们胡乱扬扬手，他骑上车，头也不回，一溜烟地去了。

我不能不对这个柳甫摇头，这小子，也真是情迷心窍了！

皮鲁眯眼瞅着远去的柳甫，嘴巴噘得老高，酸溜溜地说：“皮腰带跟裙带连在一起，分不开了！”

黎明德学着马大姐的口吻，叹息说：“这个柳甫啊，照我看啦，真是扶不起的刘阿斗——无可救药哟！”

16. 隐私

我调解完柳甫跟皮鲁他们之间的小纠纷，坐车回来，到家已经是下午三点多。

那时，姨和她的亲戚——一个跟她年龄相仿的女人，正坐在客厅的沙发上聊天。一见我进门，姨就向那亲戚介绍我，说："这是我们家万卡。"接着又向我介绍她的亲戚，"万卡，这是表姑。"

我从来没见过这个表姑，有点拘谨地冲她点点头，打算进自己的房间。姨说："万卡，过来坐一会儿吧。表姑早就想过来看看你呢。"

我只好坐了下来。表姑起身，从她的旅行包里拿出一个塑料包，说是给我带的一些土特产。

姨接过那包，递给我。我说："谢谢表姑。"

表姑说："万卡这孩子，真够乖的。"

在我小时候，别人说我乖，我很高兴，但现在我一点不喜欢别人这样说我。我听表姑说我乖，就觉得有些别扭。我垂眼看着茶几，说："姨，我要去看书了。"

表姑夸奖说："啊，真是好孩子，念书这么用心。我家春春，你没见过吧？该算你的小表姐呢，她要是学习有你这样用心，就好了！"

我不堪承受这种夸奖，赶快逃进自己的房间。

姨和表姑在客厅里继续聊天，聊的声音不小，我在房间听得很清楚。她们聊得最多的是孩子。表姑一个劲地在那里叹气，说他们家的那个女娃儿，杯话（不听话），往死里不争气，这才念初三呢，就找男娃儿来了。听说她班上还不止她一个呢！你说现在这些娃，都这样扯拐（出问题）哟，唧个弄（怎么办）呢？雪敏呀，你家万卡这娃儿，看样子，很老实的哟。姨以一种很欣赏的语调说，我们家万卡呀，这一点的确很不错，挺让人省心的。他好像不大喜欢跟女孩子玩。男孩子，还是晚熟一点好。

虽然她们交谈夹杂着一点四川方言，我大体还是听得懂，只是怎么听都不是滋味，我在他们眼里是个老实的孩子，让人省心的孩子。我还晚熟？其实，我，唉，怎么说呢？

表姑来京出公差，早已预定了宾馆。她在我们家吃过晚饭，就回宾馆去住了。家里依然只有我和姨。我们各有各的天地。

如果要审视我们这个家庭，真有点缺憾。本来三口之家，很多时候却只有两个人。这个家庭的首要主人——我爸爸万达时常缺席。柳甫的爸爸同样做着生意，他怎么就能将家当作根据地呢？我爸爸万达为什么就不能？每当追究起这个问题，我就对我爸爸有点怨言。

我不知道姨尹雪敏对我爸爸有没有怨言，我不知道她内心想些什么，我不知道她感不感到寂寞。我不止一次地看见她一个人坐在阳台上的紫藤椅上，望着西天发着呆，她的膝上蜷伏着那只叫王妃的漂亮波斯猫。那时多半是风轻云淡的黄昏时分。每当那个时候，我走路脚步都有意放轻，我不想惊动她。

初冬是没有多少温度的，我心的温度远远超过季节的温度。在这个寂静又不寂静的夜晚，我的心里有点不寻常地发躁。

姨尹雪敏的卧室隐约传来笑声，不用说，那是某张影碟里的人在笑，那笑声是有点撩人的。

我翻翻身，拧亮床头的台灯，拿出《名人故事集》来看。我希望借名人奋斗的故事，来驱逐心头的那些说不清的怪念头，可这个时候，名人的故事是苍白无力的，它们根本起不了什么作用。

我不停地掐自己的胳膊，我对自己说：万卡，你怎么可以想那些乱七八糟的事呢？但仍然不管用，我还是要想，想得有些苦。没有谁能帮我排解我的苦恼。没有办法，真是没有办法！我只有聊以自慰。

我将手伸向隐私处的时候，满心羞愧：我在干一件见不得人的事！难以启齿的丑事！一晚上我忍不住多次干这种事。我恍惚得很。

恍惚中，我的班花来了。我情不自禁地跟她拥抱在一起，还像柳甫和曹耀祖那样亲嘴。我们的周围没有人，只有被风摇曳的枝叶繁盛的春树，被风驱逐的纯棉一般的闲云，被阳光照着的两只玩情交媾的兔子。我们看见蔚蓝的天空上挂着一张巨幅照片，那上面有两个背书包的人在热烈地拥抱。突然，我心目中的班花捂着脸跑了。我愣了愣，追了过去。我越过丛林，跨过沟壑，在一片一望无际的绿原上，我追上了她，执住她的手，她挣脱着，哭丧着脸说，万卡，我们不要这样，好不好？我说，不好，我想这样。我想你想得发疯。她哭出声，哽咽着说，其实我也是。我们又拥抱在一起。这时，我们的周围却呼地钻出一群棒子和拳头。

当一切不再恍惚时，我的周围洒着飞霜一样的月光，窗外的月儿不是很圆，但还算比较清亮。

我听得见夜的喘息声，听得见附近街道上传来的夜车声，我像一片软软的枫叶在梦的边缘飘浮着。

内裤潮乎乎，滑腻腻的，我的羞耻感又上来了，怎么会这样呢？我怎么会这样呢？我怎么跟她那样呢？——我心目中的班花不是曹耀祖，而是副班长常畅。

第二天早上起床，我偷偷地将内裤卷了卷，塞到床下装果汁的纸箱子里。

以前我内内外外的脏衣服都是随手扔在床上的，姨尹雪敏会将它们一一捡去泡洗。她是个很勤快的人，家务事她自己干，从来不找小时工。我爸爸曾劝过我姨，要我姨不要将自己弄得那么累，请个小时工，能花多少钱呢？我姨就笑笑说，这不是舍不得花钱的问题。做点家务有什么累的呢？权当锻炼锻炼身体嘛。我爸爸就没话可说了。那时我奶奶还在世，我奶奶是非常欣赏我姨的，称赞我姨会过日子。我奶奶的理由是：别看现在家里不缺钱，三十年河东，三十年河西啊。没准哪天日子就变了呢！勤俭总是好的。我姨不但勤快，还特别爱干净，每次洗衣服，她都要用手将脏衣服仔细地搓洗一遍，然后再让洗衣机洗，她认为那样会洗得更干净。

我现在很不愿意再让姨洗我的内裤，自己的秘密要是被她看破，那真是很难为情的事！

我在卧室里磨蹭的时候，姨过来了，提醒说："万卡，早餐都端到桌上了，快过来吃饭吧。今天你起得比平常晚了一刻钟呢。"

我胡乱地应了一声，赶紧到餐厅去。只是我的胃口差极了，实在不想吃什么东西，可我又不能不吃。我要是不吃，姨肯定以为我病了，她准得坚持送我上医院。

姨看着我费劲地喝着热豆浆，有些担忧地说："万卡，你的眼圈怎么有些肿了？昨晚睡得不好吗？"

我如实地说："睡得不大好。我老做梦。"

姨说："你昨晚是不是又忘了喝牛奶了？牛奶能催眠的。"

我说："大概是的。"

她摸摸我的额头说："你该不会要生病吧？要不要上医院去看看大夫？"

我说："没事的，姨。不早了，我该走了。"

她点头，递给我一个食品袋，食品袋里装着她一大早用面包机制作出来的新鲜面包、一个苹果、一根香蕉和一杯绿茶，还有箭牌口香糖和湿巾。我的衣领有些翻翘了，姨替我将它理了理，很温和地拍拍我的背，说："咱们走吧。"

她照例开着黑色奥迪送我上学。车是近年买的。我所上的中学离家的路途不像以前念小学那样近。姨就跟我爸爸提出再弄辆车，她早上好送我上学，我爸爸没说二话就同意了。

在车流不息的街道上，我们的奥迪始终以一种不快不慢的速度行进，它从容不迫地辗着都市渐渐喧闹的晨，辗着我那支离破碎的粉色浓重的幻梦。

眼前的晨与往日的晨没什么两样，有点风，天空还没有飘来一片云，东方已经抹上浓浓的艳妆，魅力四射的太阳即将出场。在姨尹雪敏的眼里，晨是无限美好的，我们刚出门的时候，她就以一种愉快的语调说："今天又是一个好天。"

我一点也感觉不到晨的美好，有点木讷地坐在姨的旁边，偶尔闭目养养神——这是姨的主张。姨始终全神贯注地握着方向盘，她是个安全意识很强的人，开车时她一般是极少说话的，眼睛直盯着前方的路面。

透过反光镜，凝视着姨柔和的脸，我突然有些难过。姨是个值得信赖的人，我真想将我的苦恼跟她说说，可是我又怎么跟她说呢？就算我跟她说了，她能帮我解决我的问题吗？

车到学校门口。跟姨扬手说再见，我下了车，我将双肩书包向上提了提，转身朝学校大门走去。昨夜梦中出现的那个熟悉的身影从我的眼前晃过，常畅！那一刻，我的心跳陡然加快。我却又不由自主地垂着头，踩着很重的脚步，跟在她后面。

常畅突然转了头，朝我这边招手，我有些不知所措，僵硬地举起了手。她笑笑，嘴里喊着："快点，快点！"我的脸不由得一热。而此时，姜则天从我身边跑过去，亲热地贴上了她。

我的心遽然沉了下去，她并不是跟我打招呼，而是跟人家姜则天打招呼。

17. 高凡响

日子过得有些压抑，一天又一天，很快又是周末。头一天晚上睡得很不安稳，第二天上午一直睡到十点才起床。周末姨一般不喊我早起，她有意让我睡到自然醒。

我简单地吃了点东西，开始处理作业。作业不少，一直做到吃中饭。

中饭后，我回房间歇了片刻。一阵浓重的抑郁感袭上来，我的那个潜伏在心底的玫瑰色的梦，又如酵面般地膨胀起来——我又抑制不住地在想常畅了，想得人心烦意乱。唉，出去散散心，胡乱走走也好。

我走出我的房间。姨招呼说："万卡，来吃点樱桃吧。挺新鲜的。"樱桃已经被姨清洗得干干净净，装在一个心形的碎花瓷盘中。不知怎么地，看到这个心形的果盘，我马上想到常畅，我在心里念叨：常畅，我的心，你懂吗？

姨见我发愣的样子，"万卡，你怎么不吃呢？"她从盘中拣了两串带小柄的樱桃递给我，我有点机械地接了过来，迅速吃掉了，说："姨，我想出去转一转。"

姨说："那也好。上午做了那么长时间的作业，也该出去转转。你带上手机，有事往家里打个电话，好吧？"

我点头说好，就这样从家里出来了，走上街头，接到高凡响打来的电话，我们在电话里聊了一会儿，他说他心情很不好，说很想我，想见见我。他大概跟我一样很闷吧。我也没多想，就答应跟他见面，高凡响说他约我上国际影院看迪斯尼动画片《海底总动员》，我对迪斯尼动画片向来感兴趣，也就爽快地说："好啊。"高凡响很高兴，说："那就不见不散哦！"

没过多久，我们就在国际影院门前见了面。高凡响是被一辆黑色小轿车送过来的。我知道那小车是高凡响爸爸的专车，他爸爸是本市某区的区长。在我们班上所有人的爸爸当中，数高凡响的爸爸官儿做得最大。我曾经在市电视台播放的新闻节目中见过高凡响的爸爸。高凡响跟他爸爸长得很像，都是桃形脸，皮肤也比较白皙，看上去，长得有点女性化，说话也是有点带娘娘腔的。据说高凡响的爸爸妈妈希望有个女儿，遗憾的是这个愿望没有实现，高凡响是个男孩，他们从小就将高凡响当女孩养。高凡响从小就扎小辫子，穿花裙子，一直到上小学，才理短头发，穿裤装，但是衣服颜色还是偏于鲜艳的。

高凡响似乎出错了世，他本应是女儿身，偏偏让他生就的是男儿身，就是上了初中，成天在男生堆中混，高凡响的言行举止也带有一种女生气。

柳甫平素有点看不惯高凡响，说高凡响不像个爷们，倒像个娘们，他当着高凡响的面不说，背地里没少说。我倒不太在意高凡响的言行举止，觉得高凡响人还是很不错的，虽然他爸爸当区长，但他很少在班上同学面前显摆他的老爸，单是这一点，就让我对他产生好感。你再看看我们班上的皮鲁，老爸官儿其实还没有芝麻大，也就是我们区下辖的一个镇的镇长而已，可皮鲁时不时就将自己老爸抬出来炫耀一下，皮鲁这一点就没法跟人家高凡响比的。

班上同学都说高凡响对我最好。想一想，也的确是，高凡响常常私下悄悄塞给我一些好吃好喝的；每当我和柳甫闹矛盾，他总是站在我这一边。

最让我记忆深刻的是前年元旦，班上搞联欢会，我表演葫芦丝（当时我刚学葫芦丝），吹奏《童年》，谱子背不下来，现场表演只好带着谱子，可是又忘带谱架了。我开始准备请柳甫帮我举谱子，我刚对柳甫开口说呢，高凡响马上跑到我跟前，说他要帮我举着谱子。柳甫求之不得，连连说，好好，高凡响举谱子！我吹奏时，高凡响就在我面前举着谱子，直到我将《童年》吹奏完。下场后，高凡响不停地甩胳膊。老师当场夸高凡响，还笑嘻嘻地看着高凡响说，胳膊酸了吧？别看举个小小的谱子，也是个不轻的力气活呢。高凡响脸有点红了，摇头说，不酸不酸。他私下告诉我，他为我举谱子，真是非常高兴。从那之后，我在心理上将高凡响当成我最要好的哥们。

眼下，我最要好的哥们高凡响下了车，小车司机——一个头发梳得油亮的中年人也跟着下了车，一再叮嘱说："慢点啊。看完电影就给我打电话，我来接你。"

高凡响说："王叔叔，看完电影，我还要跟我同学一起到别的地方玩玩，你不用接我，我自己回去。"

王叔叔笑笑说："那恐怕不行吧？你爸爸特意交代过的，叔叔今天比较闲嘛，是一定要接你的。这样吧，你什么时候回来，就提前给叔叔打个电话，好不好？"

高凡响一副不情愿的样子，说："行行，叔叔，您赶紧回吧。"王叔叔又关照几句，开车走了。

高凡响一副如释重负的样子，挽着我的胳膊，说："走，我们进去看电影吧，听说超好看耶。"

《海底总动员》的确好看，讲的是生活在澳洲外海大堡礁的小丑鱼爸爸马林千里寻找儿子尼莫的故事，情节曲折动人，画面优美。

看电影时，高凡响始终攥着我的手，头紧贴着我的脖子。他的亲昵劲让我有那么一点不自在，哎哟，怎么搞得像小女生一样唧歪歪的？我有意将自己的手从他手中抽出来，缩缩脖子，晃晃脑袋，试图跟他保持一点距离。不多会儿，他又攥住我的手，脑袋又紧贴着我的脖子。我也懒得跟他计较，也就由着他去。

高凡响小声说："好看吗？"

我说:“还行。”

“开心吗?”

“还行。”

他喃喃着说:“要是能经常这样看电影就好了。”

我没接话。

电影看了约有一个半小时。从电影院出来,高凡响依然挽着我的胳膊。我说:“我该回家了。”他说:“我们一起再去喝点咖啡吧。”

“咖啡不想喝,我还是回家吧。”我摇头说。

“陪陪我好不好?”他垂了垂头,央求说,“我,我心里很闷。”他脸上带着分明的忧悒。

我想我心里也很闷,可是跟他在一起,我依然很闷,他不是常畅。我还是坚持要回家,他一再求我陪他去喝点咖啡,我都没有答应,我说我真的有事,改天找时间吧。

他抿抿嘴唇,不再说什么,两眼居然含着泪。我真的有点慌乱了,“你今天到底怎么啦?”

他竟然低头哭了起来,“这些天我一直压抑自己,很难受!”

“你怎么回事啊?”

“我,能跟你说吗?”他抬起头,泪汪汪地看着我。

“有什么不能说的?”

他不说话,突然一把抱住我,将我抱得紧紧的,弄得我有点手足无措,“哎,高凡响,你有什么事情就好好说,怎么这样子啊?”

“我很喜欢你!你说,你是不是也喜欢我?”

高凡响说的是什么意思啊?我一时没琢磨过来,就说:“哎,高凡响,我们平时不就是很好的哥们吗?”

“我不要跟你做哥们。”他的嘴开始亲我的脖子,“我就是喜欢你!我想你晚上都睡不好觉!”

天哪,想我晚上都睡不着觉?跟我想常畅想得夜不成眠一样,我的天,这不是相思吗?我吓了一大跳,他要干什么?跟我搞同性恋？他居然对我有这种心思！

我感受脑袋发胀，也顾不得许多，使劲将高凡响推脱开，嗫嚅着说："高凡响，这样不好！咱俩只能做哥们啊！"

他哭得更厉害了，伤心得很。

那阵子我也没有去劝他，事实上，我也不知道该怎么劝他。我只是扔下他，头也不回地走了。

回到家里，我心乱如麻。想起我自己的问题，想起高凡响的问题，心头阴影越来越重。偏巧这时收到高凡响伤心欲绝的短信："亲爱的，被你拒绝，让我万念俱灰！我都觉得活着没有意思了！"

我将短信看了又看，越看越不对劲，高凡响什么意思？什么活着没有意思？他怎么会那么脆弱？就因为我不跟他好他就不想活？天哪，他真的不想活吗？我的心禁不住一阵抖缩。我要不要找他去？可是，我找他说什么？我同意跟他好？我能跟他好吗？这太荒唐了！！

我想了又想，狠了狠心：我还是不能去找他！他想不开那是他的事，我没有办法的！

周一上课，高凡响没有来。看着那空空的位子，我的心也一下子空了。上课时我老走神，我不知道高凡响现在怎么样了。我是不是要去看看他？可是，可是，就算我去看他，又能怎么样呢？能解决他的问题吗？

第二节课下课时，班主任甄梦露老师将我叫了过去，说高凡响同学今天没来，他妈妈打电话来，说不知道他是怎么回事，自从那天跟同学看完电影回来，就情绪不对，一直蒙着被子睡觉，不吃也不喝，问他，他什么也不肯说。甄梦露老师说到这里，问我："万卡同学，你了解高凡响同学的具体情况吗？"

我的周身发麻，像被电击了一下，我没敢将真相告诉班主任，毕竟那是令人难以启齿的隐私。

甄梦露老师说："我们大家都知道，他平素跟你关系最好，要不，这样吧，你放学后去看看他，跟他好好谈谈，了解一下他到底是怎么一回事。好不好？”

我心里乱糟糟的，但我还是点头同意了。其实我也想去看他，他目前的状态着实让我很不安。

放学后，我去了高凡响家，有些忐忑地按响门铃，开门的是他妈妈，一个打扮得入时的中年女性。

我曾经受高凡响的盛情邀请去他家玩过，他妈妈认识我，也知道我是她儿子最要好的同学，所以他妈妈一见到我，很高兴，将我让进宽大敞亮的客厅。我进门时，她引导我换了拖鞋，指了指高凡响紧闭着门的卧室，小声对我说：“你去劝劝我们家凡响，已经好几餐没吃喝了。”然后深深地叹了一口气，带我到卧室门口，敲敲门，“凡响，你同学看你来了！”

里面没动静。高凡响妈妈拧开门，示意我进去，然后她又将门关上了。

我站在高凡响的床前，想着该怎么跟他说。他知道我来了，朝床那头翻了个身，好像赌着气。

我坐到他的床边，说：“高凡响，班主任老师让我来看你了。”我的声音很低，因为我实在不想让他妈妈听见我们的谈话。我敢断定，他妈妈此刻一定站在门外偷听。

他将被子蒙住了脸。我分明听到他的啜泣声。我隔着被子，轻轻拍他，吞吞吐吐地说：“我知道那天的事，伤了你的心。我，我实在，很对不住你。”

被子里的啜泣声大了起来。

“我也不想瞒你，这两天我吃饭不香，觉也睡不好。我实在不知道该怎么办。你这样，我很难受。”

被子里传来号啕的哭声。

想到连日来自己被那个缥缈的玫瑰梦搅得神魂颠倒，想到眼前的这位仁兄给我带来巨大的精神压力，一阵难以言说的悲伤涌上我的心头，我突然鼻子一酸，眼泪也开始不争气地充溢眼眶，我忍不住哽咽着说："你不吃不喝，是惩罚你自己，还是惩罚我呢？"

他腾地掀开被子，从床上爬起来，抱住我哭着说："我没有要惩罚你的意思，我是在惩罚我自己！"

"你惩罚你自己，就等于惩罚我！"我激动地说，"你现在必须吃喝！你要再不吃喝，你就是在有意惩罚我！我受不了！"

"你为什么不肯跟我好？"他又小声呜咽起来。

"我一直都是跟你好。我是你永远的哥们！你要明白这一点！"

"我不是不明白。可是，我管不住自己！"他的眼泪落到我的脖子上，凉凉的，滑滑的。那种悲伤的情绪又感染了我，我也抱住他哽咽说："好了，好了，你能不能向我保证，你不要再折磨自己了，好不好？让我们还像从前那样，好不好？"

那天我们在一起待的时间不短，也许是被我的真诚所打动，高凡响第二天就上学了，不过，他再也没有回复到以前那种乐观状态，他的眉宇间总带有一种淡淡的感伤。

18. 心房上的玫瑰

常畅的影子一直在我的脑海里晃悠。

我成天想在自己有些空洞的心房里塞进一点春色。我感觉我的心房已经有花儿在悄悄开放了，那是一朵玫瑰，很艳丽的红玫瑰。

我知道我的心房上为什么开起红玫瑰。我不由得记起初二下学期曾在一本通俗读物上看过一些古希腊神话故事，那里面有关于红玫瑰的故事——是关于爱神阿佛洛狄特和酷爱打猎的凡间美少年阿多尼斯的爱情故事：阿佛洛狄特深爱阿多尼斯，她劝诫阿多尼斯不要打猎，因为打猎非常危险；但阿多尼斯没有听她的劝诫，在一次狩猎中猎取一头野猪（是战神阿瑞斯所变），被野猪攻击致死，临死前他呼喊阿佛洛狄特。阿佛洛狄特为了尽快赶到情人跟前，奋力奔跑，她奔跑在白色玫瑰花丛中，她的手和脚都被玫瑰上的尖刺刺得鲜血直流，鲜血滴在白玫瑰的花瓣上，白玫瑰瞬间变成了红玫瑰。从此，红玫瑰就象征着真挚、坚贞的爱情。

如今，我的心房上开出红玫瑰了，我开始渴望纯真的爱情。只是它现在孤零零地开着，还没有人来将它采摘。

我偷偷地在纸上写下她的名字——常畅，写了一遍又一遍。我出神地盯着纸上那一个个滚烫人心的名字，在心里念叨说，常畅，你来摘它，好不好？我心房上的玫瑰只希望你一个人来摘，好不好？我想象常畅就在我的面前，她轻轻地笑着，她好像点头，又好像没点头。

真是有点不可思议，自从我感觉我的心房开出玫瑰，我的心灵世界似乎变得狭小起来，似乎只被常畅一个人给占据了。我常常有种魂不守舍的感觉。上课时，我会不由自主地想，常畅在想什么呢？放学回来的路上，我会不由自主地想，常畅大概在我身后看着我吧？在家做作业时，我会不由自主地想，常畅也在做作业吧？

令人兴奋不已的事终于来了！过两个星期就是元旦。甄梦露在班上组织大家搞文艺汇演，她指名要我跟常畅用英语表演一场小型话剧，话剧是她自己编的，剧中有儿子和妈妈两个角色，主题表达母子情深。甄梦露不容我和常畅推辞，对我们说："咱们班上就数你们俩英语最棒。你们俩要是不上，那就没人能上。"

常畅抿抿嘴，算是默认老师的指派了。

甄梦露转脸问我："万卡，你有什么问题没有？"

我说："没有。"

甄梦露又说："你们在课余时间好好准备准备，台词一定要记得滚瓜烂熟，还要注意表情动作，这些你们就自己商量着怎么设计。争取表演出色一些，给大家一个惊喜哟。"

我说："老师，我们一定努力。"我两眼的余光扫向身旁的常畅。常畅笑漾漾地冲甄梦露点头，她一定很高兴跟我一起演节目。

我对演英语小话剧是异常激动的。剧中有"I love you,Mum"这样的句子。我想，到时候，我只说"I love you"，"Mum"这个称呼能不说就尽量不说，大概不会有人嘲笑我的，我不过是在表演嘛！常畅呢，她不会怪我的，她也该明白我的心。

元旦之前两周的课余时间，我跟常畅都在一起，为这个英语话剧排演。很多次，我一说"I love you,Mum"，系着主妇围裙扮演妈妈的常畅就转过脸笑，有几次让甄梦露瞧见了，甄梦露委婉地批评常畅：严肃一点嘛，常畅同学，演戏要演得像一点。你看人家演员演电影演电视剧，哪个不演得像真的一样呵？哪个演戏的老笑呢？我们以前做学生时也经常演这种小节目呢。严肃一点，啊？严肃一点！我有意将"Mum"这个单词发得很轻，很轻，几乎省略了，让甄梦露听见了，她也不满意，批评我不要漏词。我只好照她的要求去做。

常畅到底还是严肃了一点，我也正儿八经起来，我们配合得很好。那两周大概是近年来我最愉快的时光了。

元旦汇演中，我们的节目很成功，被评为最佳节目。甄梦露代表全班同学给我们每人发了一张荣誉证书。我将自己的这张荣誉证书上了封皮，准备将它好好珍藏。

不过，节目演完就演完了，我和常畅之间的关系并没有发生质的变化，一切还是老样子。要说有什么变化的话，常畅大概有那么一点不自然，她见到我，不像以前那样大方，而是有点忸怩了，头会不由自主地偏过去。我真想对常畅说，我真的很喜欢你！可是当着常畅的面，我总开不了口。

我的脸皮在班上算是比较薄的。柳甫之流喜欢上了谁，就毫无顾忌地给人家塞纸条，塞信物，甚至放学在路上堵人家，我不好意思这么做。要是人家不理自己怎么办？那岂不很丢面子？我不是常畅肚子里的蛔虫，我不知道她心里是怎么想的，我怎么敢冒昧找人家呢？

柳甫上周还在一个劲地开导并鼓励我：弄那么正经干吗呢？不就是交交女朋友吗？没什么大不了的，哥们你大胆地往前走，我们支持你！我说，你不能说点正经的？心底里却有些佩服柳甫敢说敢做。我为什么就不敢呢？我想，我有什么不敢的呢？又没偷扒抢劫。

那是个周末的下午，柳甫跟我说常畅在校园外的广告牌下等我。我知道这小子的肚里没装什么好水，就没理他。他说："万卡，我是看在咱俩是哥儿的分上，才告诉你的。你瞧你那狐疑样！好像我成狼外婆了。"我依然不动声色。柳甫叹气说："行啦，看你这小子够能装的。我懒得再跟你说啦。信不信由你！"

信不信由我？这是一句很诱惑人的话，看柳甫那正经样，他说的不像是假的。我不由得动心了。

我趁柳甫转屁股的当儿，忙不迭地溜了出去，还带上自己在那个周末熬了一晚上精心制作的一张大卡片。当时卡片做好后，我得意不已，我想常畅见了我的卡片，一定很感动。卡片是心形的，上面聚集着一些激情澎湃的句子：

如果你是娇艳的花，那我愿作无名的叶，永远陪伴在你的身旁。

如果你是清柔的水，那我愿作巍峨的山，永远环绕在你的四方。

如果你要去远方旅行，那我愿做你头顶的伞，为你遮风挡雨，让你走得平平安安！

如果你是皎洁的月亮，那我就是灿烂的太阳，日月交辉，这是我们共同的人生理想！

我总是想找机会将这张卡片送给常畅。如今机会来了，常畅主动等我，我为什么不去？她要没那意思，她就不会在校园外等我，她充其量在教室里跟我说说什么事，比如交作业本什么的。

我在心里盘想着见到常畅该说哪些话，甚至想我和她要不要拉拉手或者拥抱一下——像柳甫跟曹耀祖那样？我又想我最好不要学柳甫，他跟曹耀祖做得有些过分，不注意自己的学生形象。在校园里拥抱、亲嘴，总是不太合适的。他们那次拥抱亲嘴的时候，不只让我看见了，也被黎明德看见了，黎明德还悄悄地将他们亲热的姿态给拍了下来，为那几张照片，双方差点闹出事端来。我和常畅要是拥抱的话，肯定要到没人的地方拥抱。我想这些时，又有些心虚。到了校园外的那个广告牌下的时候，我的心更虚得不行，天，根本就没有常畅的人影！广告牌上那个穿着单薄裙衫的女子正拿着新款手机在冲我媚笑，她在向我展示手机的魅力，也展示她自己的魅力。

室外气温比较低。北风切切地吹着，更平添了几分寒肃气。路上的行人裹着厚厚的冬衣，疾步赶路，想尽快摆脱室外之寒，进入供着暖的温室。我其实是个不怕寒冷的人，别人要穿皮袍子或羽绒服过冬，我一般一件厚毛衣外搭一件夹层的棉外套，就能对付冬寒。我姨总是不放心我穿得这么少，怕我着凉感冒，她总是竭力地哄劝我多穿衣服，我说我衣服穿厚了，周身就燥热，很不舒服，姨开始是将信将疑，时间一长，她看我穿得少却从来没有着凉过，也就相信我的体质比较抗冷，也就随我去了。但眼下，我却是一反常态，我只感觉自己冰寒彻骨，浑身上下有种僵硬感，连我的心都被冻得麻木了。如果说刚才听柳甫告诉常畅在等我时，暖流涌遍了我全身的每一个毛孔；那么现在的我俨然掉进了一个封存千年的冰窖子里，我实在无法形容我的心寒。

我感觉有一群蜜蜂在我的脑颅里嗡嗡着要采取我的脑髓，我真想骂人，骂柳甫，也骂自己。

这当儿，有一声很清脆很有气势的“万卡”撞击我的耳鼓。我刚一转身，骑着电动自行车的甄梦露老师出现了，她在我的身旁停下车，样子不大高兴，“万卡同学，柳甫同学说你有重要问题请教我，我在办公室等你大半天，你怎么在这里呢？”

我气得差点没当着老师的面骂柳甫！但很快我就恢复了一点理智，毕竟我已经受了好几年的学校教育，好歹还是有点涵养的。何况在班主任老师面前，我怎么着也要装点斯文样子，绝不能骂人。因为自己心中有鬼，我也就不好意思对甄梦露老师揭露柳甫说假话骗她，而是向她表示歉意：“对不起，甄老师，我没有什么重要问题。”

甄梦露似乎不大相信，“柳甫明明说你有重要问题要问我的呀？怎么回事呢？”

“老师，我想肯定是柳甫同学弄错了。”

甄梦露直视着我，“是真的吗？没有问题就好。有什么事，也不要藏着掖着，跟老师说说，老师一定想办法帮你解决。好啦，那就这样了？拜拜！”我说：“老师，拜拜！”

目送甄梦露骑车远去，我对着蓝天大大地喷了一口恶气，他妈的柳甫，你这个小王八羔子！真是超级可恶！你骗人真是没商量，骗我不算，还斗胆骗班主任老师！我一定找你算账！

可是当我真的见了柳甫，满腔的气势又不由自主地像漏气的皮球一样泄下去了，我跟柳甫算什么账？没准儿我一张口，就招致柳甫的讥笑：你的脑子是装在你自己的脑壳里的，它受你指令，不受我指令，我叫你干什么，你就干什么吗？我叫你去杀人，你就去杀吗？我叫你吃大粪，你就去吃吗？尤为糟糕的是，他一定会戳穿我内心的秘密：怎么样？我说得没错吧？你打人家常畅的主意，你还不承认！你说你虚伪不虚伪？

大概真如柳甫说的，我不够男子汉，我怎么这样畏畏缩缩？喜欢就喜欢，否认什么呢？

要不要跟常畅表白呢？这个问题如果搁在柳甫那里，轻而易举就解决了；可在我这里却变得复杂得很。我脑子里盘桓着很多担心：担心班上的同学撞破我心头的秘密，从而将我划归为柳甫一类的人；担心姨一旦知道我追人家女孩子，会有些失望；担心我爸知道了，会暴跳如雷；担心班主任老师知道了，会找我谈话。……可我又侥幸地想，我要是跟常畅秘密交往，不让别人知道呢？这些担心又不就是多余的了？这样想来想去，我又兴奋起来，我绝不会像柳甫那样将自己的秘密公开化。我跟常畅的秘密一定只有我们俩知道，一定在地下秘密进行。这种设想是很美好的，可我很快又有些忧郁起来：万一，万一人家常畅不好意思接受我的表白，怎么办呢？

我心房上的玫瑰处于盛期，越发开得艳丽不已。一连多天，我都有点心神不宁，为要不要向常畅表白的事纠结不已，太抑郁了！

19. 纠结

离期末考试还有两三周，各科的新课都已经上完，接下来便是复习，复习的形式比较单调，主要是做单元测试题。由于多日来，我为心房上的玫瑰迷失了学习方向，课上课下总是开小差，各科测试成绩自然有些不尽如人意。

我的成绩滑坡，让老师们都有些紧张，要知道，他们都将我视为班上的学习标兵，甚至指望着我在本届中考中能创出佳绩——一举摘得本区乃至京都的文科状元，那他们就都深感荣光了。没想到初三上学期我的成绩就开始出现问题，真是叫人难以接受！老师们接二连三地找我谈话，他们试图要找出我成绩下滑的原因，用他们的话说，要找出问题的症结，对症下药，才能解决问题。我知道自己的问题"症结"，可我能告诉他们吗？那是属于我个人的隐私，我只能以沉默应对老师的训诫与开导。老师们对我都有点不悦，连班主任甄梦露老师都叹气说，万卡，你肯定有你自己的想法，你不想说，老师也不能勉强你。万卡，你自己一定要记住，你现在是初三学生了，很多事理你应该都懂的。

我心情十分低落。我强迫自己集中注意力，强迫自己要像常畅看齐，常畅的各科成绩一直都很稳定，她那么阳光，那么单纯，我对自己说，万卡，你必须记住，你的成绩一定不能比常畅差，如果你连这点都做不到的话，你还有什么资格向常畅表白呢？你还有什么资格博得常畅的喜欢呢？

我终于强迫自己静下心来，投入各科的考前复习。对于我这样一个平时学习基础扎实的学生来说，稍微努点力，成绩很快就能提上去。接下来的各科综合测试，我都考了全班第一。这一下，老师们都非常满意，当然又有话说了，尤其是语文老师马艳丽，她大张旗鼓地在课堂上夸赞我，目的是想在班上树立一个学习榜样，她说，万卡同学这回语文考试真牛皮，几乎拿了满分，只有作文扣了一分，真是相当了不得啊！要是大家都像万卡同学这样一门心思地搞学习，那我这个老师成天就不用这样操心了，我可以拍着大腿唱着小曲儿——清闲省心啊！……我其实很不习惯马艳丽这样夸赞我，它让我浑身不舒服，马艳丽的夸赞很容易将我置于班上某些人的对立面，特别是听到柳甫在那里很不屑地哼鼻子，我就更加肯定这点。

不过，话又说回头，马老师夸赞我也是出于好意，我内心还是很感谢马老师的。何况班上还有不少同学对我表现出钦佩，最典型的例子就是姜则天课间找我要卷子看，她说她阅读题有好几题都没有做对。她看了我的卷子，频频点头，“万卡，你这题答得确实不错。你怎么就能想到这么答呢？”旁边有几个女生也凑过来了，传阅我的卷子。柳甫在那里高声叹息，“唉，真是，摆个什么劲呢！不就一次测试吗！至于吗！还传来传去的！”

姜则天盯着柳甫，“传来传去跟你柳甫有关系吗？有本事你也考个全班第一，我们也来帮你摆摆劲！”柳甫朝姜则天白了一下眼，哼了一声，便不再响了。我感到很不自在，柳甫嘀咕得也没错，也是，不就是一次测试吗？实在没必要这么张扬。我便想从女生那里要回卷子。此时，卷子已经传到常畅那里。我脸上不禁有点发烧，想开口又不好意思，心里直念叨：是常畅在看我的卷子！我坐在自己的位子上，假装看书，心里却又涌起一种甜蜜的感觉。

快上课了，常畅将卷子还给我，冲我笑笑，“真不错呀。”她的笑是那么温柔，我不觉从中得到了鼓励：她一定也是喜欢我的！我下定决心，一定要找个合适的时机向她表白！

第二天下午，趁别人不注意，我往常畅的桌兜里塞了张字条：

放学后可以等一下我吗？我还是有点谨慎，没敢留名字。万一这字条不小心落到他人之手呢？但我确信常畅是认得我的字的。她对我颇有好感，当然会心有灵犀的吧。

下午的课上得真是心猿意马，我一直惦记着放学后常畅等我的事，我在心中编排该跟她说的话，毕竟心中有鬼，上数学课时我不敢抬头，唯恐被老师和同学识破心事。没想到我老低头引起老师的注意，数学老师认为我不舒服，他本来在讲数学应用题，特意停了停，问："万卡，你怎么啦？不舒服吗？"班上同学的目光都集中到我这里来了，我有点不知所措地摇头。数学老师点头说，没什么事？那就好！大家都坐直了，不要老低头啊！我很不好意思，不得不装出认真的样子听课。

熬到放学，我有意磨蹭着不走。看着别的同学一个个陆续离去，我的心跳不由得加快！我恨不得眼前的同学瞬间消失，只将常畅一个人留下。

让我没有料到的是，常畅走了，跟姜则天勾肩搭背地一起走出教室，走的时候，姜则天还冲我笑笑，"万卡还不走吗？拜拜！"常畅也冲我扬手说拜拜。

那一刻，没有任何言语能形容我的尴尬，教室里只剩我一人，我落魄不已，像一只被人痛打过的落水狗。难道只是我一厢情愿吗？我又很不甘心！我有些怀疑，她是不是没有在意我的字条？细细揣摩常畅跟我再见时，是一副若无其事的样子，我开始相信她肯定是没有在意我的字条！那字条呢？我忍不住查看了一下常畅的课桌，赫然看到那张字条还躺在她的课桌兜最里边！我的天！我不禁舒了口气，原来真是这样！我提醒自己以后不要塞什么字条了，要找机会直接向她表白好了！想到很快就要期末考试，我打定主意：不如等考完试再落实这件事。

期末考试结束的那天下午，机会也真是绝好！班主任甄梦露老师在班上点名要我和常畅留下来，说让我们帮她处理一下班上的一些琐细事务。其实也没什么事要做，甄老师不过是想找我们两个人谈心，希望我们寒假期间不要放松学习，特意给我们两人各发了一本历年中考考试题汇集。她说班上所有授课老师都非常看好我们两个人，将我们列为冲击区里文理科状元的苗子。也许甄老师也意识到，她这样跟我们俩交底，无形中也给我们巨大压力，她又有意给我们解压，说你们俩该学习的时候学习，该休息的时候休息，按部就班，也不要太有压力，就照你们的正常水平发挥就可以啦。谈话结束前，甄老师拿出两盒巧克力，给我和常畅各送了一盒，说："这是瑞士巧克力，Sprungli，被称为瑞士国宝级的手工巧克力品牌，很受大家欢迎的。我家亲戚去瑞士旅游，我让他多给我捎带几盒，预备着送给你们吃。马上就要过大年了，老师提前祝你们新春快乐！"我们很受感动，连连说谢谢甄老师。

跟甄老师道别后，我们俩出了老师办公室，朝校门口走。我心情异常愉快，甚至有拥抱常畅的冲动，但碍于面子，我竭力保持矜持。

常畅边走边跟我说话："甄老师对我们真好！"

我说："嗯。"

"万卡，我们真的要好好努力，不能辜负甄老师！"

"嗯。"

"万卡，甄老师给我们的这套试题集，我打算从今天晚上就开始做。你呢？"

"嗯。"常畅说什么，我都嗯一声。我脑子里一直想着将自己费心制作的那张心形卡片送给她。这张早就想送出去的卡片滞留在书包里快一个月了，说实话，这一个月来我受了多少煎熬啊！

常畅意识到我跟她说话心不在焉，就说："万卡，你怎么都是嗯呢？"

我有些难为情地低头笑笑。出了校门口，眼见着马上就要跟常畅分手了，我不能再这样含含糊糊了，我终于鼓了鼓勇气，从书包里拿出那张心形卡片，塞给了常畅，我也没敢看她，就像被人追赶的逃犯一样，急慌慌地逃了。逃到附近的公交车站，我才定定神，天，我的心怎么跳得这么厉害？我干吗逃呢？那么好的机会，周围没有一个我们熟识的人！我应该堂堂正正地站在她面前，告诉她：我非常非常喜欢你！哎，我跑什么呢！我这人！真是忒没出息！我忍不住责骂起自己来。

20. 交往

我深切地关注着那张心形卡片的命运，常畅会不会认真保存它呢？她会想我吗？

寒假的最初两天是极其难熬的，我的心底漾着一种甜蜜的忧愁。我白里黑里都想着自己和常畅的事，我实在按捺不住，劝说自己不要太缩头缩脑了，卡片都已经送了出去，还要藏掖着干吗？我便给常畅发短信，试探她的态度：“自从那天送了warm-hearted card，我一直有些惴惴不安！”

老半天没有回复。我又开始心神不宁了，她什么意思？不想理我吗？我心里不免凉凉的，脸色大概也不好，连姨都看出来了，“万卡，你不舒服吗？”

“是有点不舒服。”我老老实实地回答。

“发烧不发烧？”阿姨伸手摸我的额头，“体温还可以。”她还是不太放心，拿体温计要我夹在腋窝下，我知道我并不发烧，但又不好拒绝姨的关心，也就顺从地听姨的话。五分钟后，姨让我从腋下拿出体温计，她端详了一下温度计的刻度：36.8，便嘘嘘气，说还好，不烧。建议我回卧室躺着休息一会儿。

躺在床上，是无论如何也不心安的。我捉摸不透女孩子的心思！她难道真的不明白我的心吗？或者她明白我的心，却又故意不理我，为什么要这样？她难道不是真心喜欢我？她根本就没那意思？我越想越难过，越想越生出懊悔。我是个很有自尊心的人，我这样自作多情又有什么意思？真的很丢面子！我想到我真心真意做的心形卡被人家漠视，我就五味杂陈，竟然生出一种被人戏耍的复杂感觉。既然人家不将它当回事，我索性将它要回来，我索性将它撕毁！我要从此忘掉这段本来就不应该有的情感经历！

也没有想太多，我给常畅发了一条短信：“既然那东西你无所谓，就请还给我吧！！”我还附上了我家的详细通讯地址。我的意思再明白不过了：请将它寄还给我！

傍晚，收到了一条回复：“万卡，现在才跟你联系，真的很对不起！那天下午放学跟你分手后，我去挤公交车，回家才发现我的手机不见了，肯定是在公交车上被人偷了。我真的很伤心，那手机是我的第一部手机，我去年生日那天我妈妈送给我的，现在就这么悄无声息地丢了！幸好我妈妈没责怪我，为了安慰我，今天下午她又给我买了一部新机子，用的还是原来的那个旧号。万卡，你亲手做的卡片我很喜欢！你写的诗我也很喜欢。真的很谢谢你！”后面还附上一个笑脸卡通图。

我绷紧的神经一下子放松了，哦，原来是这么一回事，我误会人家了！我觉得自己真是不行，怎么那么沉不住气，那么鲁莽呢？！也不弄清真实情况就妄下结论，打人家一棍子！于是我发短信向她道歉，请她谅解。

她马上回复：“没什么的呵。我很理解。”

我忍不住发短信问：“我的心，你很理解？”

“嗯。”

“我真的太高兴啦！”

“不好意思，我妈妈在喊我，我们改时间再聊好吗？”

我说：“好。”我还大胆地给她发了一个两眼被红心替代的卡通图。

窗户纸一旦捅破，彼此交往就不再遮遮掩掩，但是有一点却是要注意的，我们俩的交往只能秘密进行，我们不能让别人知道，包括我们双方的家长、老师和同学。

为了保密，我们俩私下给各自取了外号，她称我拉夫，我喊她达林，我们俩都彼此以外号代替了手机通讯录上的签名。我们最便捷的联系方式就是短信聊天。

我们还约定，白天我们尽量不聊天，我们要做甄老师给我们留的中招试卷，语、数、英三科都有，做起来总是要花时间精力的，我们晚上再聊聊天。

对我们来说，一天最期待的时光是晚上，吃过晚饭，我们就将自己各自关在房间里，畅快地发短信聊天，聊学习、生活上的各种话题。

这天晚上，我跟常畅聊起了柳甫，我说我今天下午看见柳甫了，还有曹耀祖。

她说："哦，他们干什么？"

"说起来叫人真不好意思！"

"？"

"他们学电视上的那套法子！"

"哦，你在哪里见到他们的？"

"你知道，我们小区附近有森林公园。每天我做完该做的卷子，只要天气不错，我姨都建议我去公园跑跑步。今天是个大晴天，我照常在公园里跑了一圈，跑第二圈的时候，无意中看见前面的灌木丛有两个身影，那个个儿高的，看上去那么眼熟，我再定睛一看，咦，那不是柳甫吗？"

"另一个就是曹耀祖了？"

"那肯定是。"

"你没跟他们打招呼吗？"

"我怎么好意思去搅人家的好事呢？换成你，你会去搅和吗？"

"我想我也不会吧。唉，你觉得他们这样好吗？"

"好不好？他们自己知道吧。"

……

那天晚上，我们聊了很长时间，聊得心意盎然，睡意全无。别看我表面上说人家柳甫，其实我内心是有点钦佩柳甫的，柳甫敢做敢当，我有那份心却没那个胆。我何尝不想拥抱一下自己喜欢的人，甚至亲一亲她？我猜想她跟我一样，也是有那份心没那个胆的。谁叫我们俩都是老师心目中的好学生，家长眼里的听话孩子呢？

我不太满足于夜深人静的时候发短信聊天。寒假的第六天，我开始强烈地想约她出来见见面。

“这个寒假我们过得很别致。”我在短信中说。

她的回复瞬间就到了，“我也是。”

“想不想出来玩一玩？”我终于发出了邀请。

“上哪里玩呢？”

“你想上哪里？”

“我也不知道。你说上哪里？”

“我想去人少的地方。”

“你家里人同意你出来玩吗？”

“我姨会同意的。你家里人呢？同意你出来玩吗？”

“我得问问我老妈。”

我隐约觉得她没有我自由。我生怕她妈不同意她出来玩，就自作主张地给她出主意，“你要是说老师组织搞活动呢？你妈会同意吧？”

“那肯定会的。”

“那你就这样跟你妈说，好不好？”

“这样好吗？”

“我真的很想见见你！”

“让我想想，好不好？”

“好。我等你回音呵。”附上一对温情脉脉的红心卡通图。

不到两分钟，短信来了，“我想了又想，不管怎样，我还是不想让你失望。”

“谢谢你，我的达林！”

我们俩相约去郊区玩一玩，为了不让双方家长反对，我们都彼此借口老师寒假组织我们去活动，堂而皇之地进行了我们第一次约会。

走在行人稀少的郊区的小道上，我们没有任何顾忌，手牵着手，彼此有一种从未有过的幸福感。我的脑海里突然迸出海子的那句诗：“那幸福的闪电告诉我的，我将告诉每一个人。”以前读这首诗对这句是不大理解的，现在我却真真切切感受到了，幸福的闪电遍及我周身的每一个毛孔，我真的很想对全世界的人宣布：此刻我非常幸福！

冬天的风是有些寒冷的，但我们感觉不到寒意，我们心里都暖烘烘的。在一个几近无人之地，我们终于按捺不住激动，彼此拥抱在一起，我们彼此没有作任何表白，因为我们彼此真心喜欢。我们就那么无言地拥抱在一起，我情不自禁地要去亲她的脸，她没有拒绝，羞涩地笑笑。那一刻，我才真正理解柳甫曾经告诉我的那句话：亲亲是多么甜蜜的事！

第一次约会让我久久难以忘怀，我从此很难回复以前的那种单纯了。尽管我和她一再约定：我们彼此交往，但不能影响学习。事实上，这是很难做到的。我明明在做卷子，眼前却又不由自主地晃悠起她的笑颜，特别是那双带着羞涩的脉脉含情的丹凤眼，我就觉得心里麻酥酥的。

我不能自持地想念她，给她发短信，不仅限于晚上，连白天都忍不住要发。白天她的回复是比较慢的，到了晚上，出奇地快。她跟我说：“我白天有很多事要做，我要做老师给的卷子，还要完成我老妈给我布置的诵读任务。你不知道，我老妈是要检查的。”

我真是有点心疼她了，“那你不累死了？”

“没有办法嘛。”

“那我白天尽量不打扰你了。或者，我给你发的短信你就免复吧。”

“没事的。你发短信我很喜欢。我只是不能及时回你，你不要介意就好了。”

“嗯。我不会介意的，我的达林。”

虽然两人不能在一起，但精神上是缠缠绵绵的，那感觉也很好。晚上总是会做玫瑰色的美梦，不无例外地梦见跟她在一起，一起学习，一起郊游，甚至一起生活。

转眼间，寒假已经过去十天了。雪，伴随寒风由天际飘洒下来。面对窗外纷纷扬扬的雪花儿，我又强烈地想起她，我甚至想着，等雪后初霁，邀她出来踏踏雪。我便给她发短信，白天发了多条，没有收到回复。我不感到意外，她肯定太忙了。晚上，我的短信雪片一样飞向她，却依然没有见她回复，我开始坐卧不安了！她怎么了？生病了吗？我还预想着她此刻可能躺在病床上，发着高烧？我便试探着拨通她的手机，天，竟然关机！她怎么会关机呢？难道手机又丢了吗？

我猜测她那边发生的各种可能，可是没法跟她联系，我只能在无比煎熬中度过一个不眠之夜。

我几乎每天都拨她的手机，都是关着机。说实在的，开始几天，我真的要崩溃了！为了转移注意力，我将我所有的烦闷都倾泻在我的日记中。

21. 旅游 · 姑姑

腊月中下旬，我爸爸回来了，今年跟往年比，他算是回家比较早的。他特意提到过大年的事，他说今年要改变一下过年的方式，到境外去转转。

姨尹雪敏率先赞同，问我："万卡，你愿不愿意出去过年？"

我心情很糟糕，出去散散心，也不是什么坏事。我也就点头，表示同意出去过年。

万达以一种欣赏的眼光看着我，"长得比你姨还高了。出去转转，放松放松。等一开学你就没有时间玩了，读书读得也很辛苦。"

我爸爸万达不同于一般的学生家长。一般家长巴不得自己的孩子成天关在房间里啃书本，我爸爸不主张那样，他说学习要讲究效率，必须注意劳逸结合，该玩的时候好好玩一玩，该学的时候一定要认真学。我姨在这方面也附和我爸爸。我比别的孩子似乎要自由一些。

我爸爸主张我们全家去瑞士过春节。他很看好瑞士，他说瑞士有着许多可看的去处，比如巍峨雄壮的阿尔卑斯山，星罗棋布的湖泊，茂密的原始森林，具有浓郁民俗风情的古老城镇等等。

我们这次去瑞士，就慕名参观了瑞士一些有名的城镇。我们印象最深的是当地的文物保护得非常好，就拿巴仑堡民居博物馆来说，那里完好地保存着许多珍贵的文物，比如一世纪前的面包房、钟表作坊、草药作坊、铁炉子、水锯等等。我们参观的那天，还有幸见到身着传统服装的手工匠当场为我们作了表演，他们那带着浓郁的民俗风味的精彩表演，不免引发人的怀古悠情。

瑞士的城镇大都是由古色古香的老城和具有鲜明的现代化气息的新城组成的。爸爸慨叹说，我们那边当年像这里这样就好了，保留原先的老北京城，再在旁边另建一座新城，那不知比现在要强多少倍。

姨对爸爸关于北京城的建筑问题持相同的看法，我却想起了在北京城里的常畅。在旅游期间，我动不动就会想起她，她在干什么呢？待在暖融融的屋子里安静地看着书？跟家里人看电视，聊天，还是穿越充满祥和而又喜庆气氛的大街，进热闹非凡的大商场闲逛？她会像我想念她那样想念我吗？

旅游是令人有些疲乏的，晚上躺在旅馆里的单人床上，我又情不自禁地想念常畅，我实在不明白：常畅为什么突然跟我失联了？要想了解真相，只有等到开学的时候，我要当面问问她。我还要问她，我们还会继续交往吗？我又隐隐觉得，我们之间似乎有一道无形的巨大屏障。念及于此，一股莫名的伤感油然而生。

正月初八，我们坐着空中铁鹰，从瑞士飞回北京。

正月初十，我姑姑万新从南方来了。尽管她曾经历过不少风雨，已人到中年的她，看上去样子还是那么清丽。

我姑姑少女时期的故事很多。照现在流行的说法，是个话题女郎。听说那时她特别喜欢跟一个叫史泰龙的人结伴去看美国电影。

我没见过史泰龙。据说那是一个很酷的家伙，他的头发比我姑姑的头发还要长，他总喜欢穿着花不棱登的衣服，脚上穿的是那种笨笨的大头皮鞋，他的脖子上时常挂着一个金不金银不银的十字架。史泰龙伴我姑姑看电影是醉翁之意不在电影，以致他们看电影看出了很多桃红柳绿的门道来，演绎出比电影还要电影的故事。后来我姑姑又陆续跟别的史泰龙有过不少故事，这些故事同样具有粉红色彩，可惜都有头无尾。

我姑姑的那些陈年旧事是我们家里人谁也不愿意说的，我奶奶曾经咬牙宣布万新不是她的女儿。我奶奶还愤愤地告诫家里人，家丑不可外扬！但我姑姑本人自始至终不认为她所做的那些事是家丑。我母亲秦非可去美国的第二年，姑姑到南方定居了，住在一座面朝大海的房子里，过着单身女贵族那种有花无果的生活。她热衷于用文字编成的箩筐，收罗她少女时期的那些桃红和柳绿。

姑姑写的故事在市面上很容易见到。她的笔名叫梦露。她故事中的女主人公也都叫梦露，男主人公一律叫史泰龙。无论她怎样大胆地暴露史泰龙和梦露之间的隐私，史泰龙都不会有意见，涉嫌侵犯隐私权之类的事更不会发生。十多年前史泰龙就已经去参见上帝了，他是被一辆运行失常的跑车送到上帝那儿去的。那一年我姑姑二十岁，跟史泰龙有过整整三年半的看电影史。

也许因为姑姑少女时期的那些事鲜为我知，所以，在我的眼里，姑姑的身上总带有神秘的气息。我很想知道她以前的那些事情，比如，她跟那个叫史泰龙的人之间的故事。当我触及这个话题，姑姑脸上的笑一下子就凝固了，“万卡，你问这个干什么呢？”

我马上意识到我不应该问这种事，“姑姑，对不起，我，我只是好奇。”

姑姑忧郁的目光久久落在墙上的挂钟上，似乎沉浸在对往事的一些追忆中。她的沉默让我有点坐立不安。我猜想，她和史泰龙之间的那些故事一定是她最不愿意触及的痛。我有些后悔触碰了她的痛。

沉默良久，姑姑终于开口说话了，“万卡，我理解你的好奇心。你这个年纪，正是好奇心旺盛的时期。我那时也一样。”她捋了捋额前的栗色秀发，“其实，跟你说说我过去的事，也没什么不好。”

姑姑开始讲述她少女时期的情感故事。

“那时史泰龙跟我都念高一，不过我们不同班，我是一班，他是二班。我们是在学校的元旦文艺汇演上认识的。那时我朗诵诗歌，他吉他弹唱。之后，我们来往得逐渐密切。他个子高高的，面相也很好看。我不否认，我非常喜欢他。那种喜欢，真的是你没法想象的。我满脑子里都晃着他的影子，那一段时间，我寝食难安，学习也一落千丈。我想这样下去，我会疯掉的，我就偷偷地给他写信。没想到，他马上就给我回信了，他说他跟我一样，成天想着我，但他不敢来找我，怕我拒绝他。”

我几乎屏住呼吸在听。

“万卡，你能想象得到，我跟史泰龙彼此真心喜欢，我们俩在一起，会怎么样呢？我们那时年纪小，缺乏自制力的。我们恨不能一刻也不离开。我们俩都喜欢看电影，经常逃课一起去看电影，在电影院看，上录像厅看。我们甚至彻夜不归。你想，我这个样子，你奶奶你爷爷会高兴吗？他们将我抓回来，往往就是一顿暴打。我是个犟脾气，他们越打，我越是跟他们逆着。你爷爷被我气得心脏病几次复发。”

“史泰龙念高三时，就弃学了，玩音乐。我也没心思念书，铁着心要退学。那一次，你爷爷因为怄我的气，心脏病再次复发，没来得及送医院急救，就过世了。你奶奶将你爷爷的死归咎于我，她将我赶出家门，说从此不再有我这个女儿。那时我也为你爷爷的死愧疚不安，但你奶奶的绝情断了我悔过的念头，我干脆就跟史泰龙住到一起。我们在郊区租了间小房子。那段日子过得很清苦。他到市里的一些歌厅唱歌。我文字功夫还可以，找了家出版社，帮人家打打杂，我们俩每个月赚得很少，只够吃喝。但是我们很快乐。这种快乐的日子并没有维持多久。在一个大雨倾盆的傍晚，他去歌厅赶场，在路上被一辆车撞倒，从此，他就在我的视线里永远消失了。”

姑姑的眼里有晶莹的东西在闪。“我努力忘掉他，可是我又做不到。我曾经放纵过自己，过了一段极为痛苦的生活。让我伤心的不只是他，还有你爷爷奶奶，他们俩到死都没有原谅我。为了求得心灵的安慰，我开始尝试着写小说。就这么地，一路走了下来。写作是件很好的事情，你可以借它来寻求寄托，你现实生活中很难实现的愿望可以在小说里实现。我这样说，你也许不懂。”

我说："姑姑，我懂。你说的，我都懂！"

"是吗？"姑姑拿面巾纸拭了拭眼角的泪，"其实有些事情，你未必就完全懂。你现在还小，等你长大了，姑姑会跟你细说的。姑姑还指望你将来写'万新传'呢。"说着她轻轻笑了一下，那笑分明是装出来的，并不能掩饰她内心的落寞。我原本是想从姑姑以前的故事中汲取一些力量，但姑姑却说我还小，我向她透露自己内心秘密的念头就被打消了。

那天我们的谈话到此为止；因为有出版商打电话来，跟姑姑有要事相商。我姑姑此次回京的主要目的，是为她的新书《夏威夷的假日》搞签名销售活动。

我向姑姑索要她的新书。姑姑莞尔一笑，"你也看吗？"

那时，我爸爸刚刚从外面回来，他看我跟姑姑要书，就打岔说："万卡，姑姑的书以后再看吧。"他是不大乐意我看姑姑的书。

姑姑看我闷了脸，摸摸我的头，安慰说："你要感兴趣，下次我给你带一本吧。"

正月十二，我爸爸又像一只鱼鹰，一头扎进商海，忙着捞一种叫钞票的特种鱼去了。

我成天陪着姑姑，参加签售会，逛商场书店，郊游。这期间姨回了趟成都娘家。

也许因为姑姑的存在，这之后的假日过得出奇地快。

姑姑是在我寒假结束的头一天离京的。这之前一天，姨从成都赶了回来，我们一起去机场送姑姑。

当姑姑婀娜的身影消失在登机处，我的惆怅感一下子涌了出来，我有些依恋姑姑。我不知道自己为什么会有这种感觉。

22. 感觉有些酸

开学第一天，一大早我就从有点酸有点甜的梦里钻出来。

趁姨在厨房做早点的当儿，我将自己关在洗漱间，精心将自己的脸洗了又洗，用的是姨的洗面奶，还将头发认真地梳了又梳，又拿了姨那散发着玫瑰香的摩丝往头发上喷了点。吃过早饭，我又刷了一遍牙，穿上了姑姑给我买的新茄克和新运动鞋。

我刚想在穿衣镜前转身，姨探头说："万卡今儿真精神！"我不好意思地笑笑，镜子也不照了。姨说我精神，我肯定就精神，常畅见了我精神十足的样子，一定会喜欢。

事实上，那一天，我一到校就有点蔫了，我没有见到常畅。柳甫说常畅到别的学校借读去了。同时到别的学校借读的还有高凡响。

我知道高凡响为什么转学。年前他给我发了一条短信，说他天天看到我，又不能跟我在一起，很痛苦，他只有选择逃避。当时我看到他的短信，感觉有些复杂，有那么一点莫名的惆怅，也有一种难言的解脱。

我不大清楚常畅为什么要转学。"百事通"柳甫说他知道，他听他姨妈说的，他姨妈跟常畅妈妈关系很好，知道常畅家的事。

据柳甫这位"百事通"说，是常畅的妈妈一定要常畅转学的。她偷看了常畅的日记，还在常畅的日记本里翻到了一个署名"喜欢你的人"送的一张心形卡片。常畅妈妈很生气，她不能让常畅再在这所学校读下去，读下去肯定要出问题的。

柳甫盯着我，拖声拖调地说他知道那张卡片是谁送的。

我没有看柳甫，目光机械地落在校园甬道边的花坛上。开花季节还要等待一些时日，花坛的色调显得有些冷清。等真正的花季来临，花坛会开出五彩缤纷的花。

柳甫有些同情地看着我，“常畅的妈真是大惊小怪，有什么了不起的嘛！”我没有回应他，不过，我内心多少还是有点庆幸，柳甫到底不知道我和常畅约会的具体细节；否则，他会到处宣扬我们的绯闻，如果真是那样，我将在老师和同学面前抬不起头来。

柳甫还向我透露了常畅妈妈的一些情况：常畅妈妈其实是常畅的表姨妈，常畅的亲妈在乡下。常畅的表姨妈没有结过婚。常畅一岁的时候，就被表姨妈接到北京，做她的女儿。她对常畅管得很严，不允许常畅念书期间跟男孩子来往，一发现有苗头，她就赶紧将它掐掉。

这回我不仅仅是听听而已，柳甫的这番话我还是很当真的。我曾经在校园里见过常畅的妈妈（那次她来参加家长会），那是有着我姑姑一样气质的人物，我猜想她的过去大概也像我姑姑一样，有不少故事，那些故事大概也带有一些桃红色。

柳甫上衣口袋飘出了“等你一万年”的曲子，那是他的新手机在唱。上次他爸爸没收了他的手机，不知扔哪儿了，他妈妈索性给他买了一部新的。柳甫妈跟他爸在教子问题上态度很不一致，常常是做爸爸的唱红脸，做妈妈的就唱白脸。而且白脸常常当着儿子的面与红脸对着唱，弄得红脸常常暴躁如雷：有你这样当妈的吗？！纵着宠着！儿子成了老子！不过，当儿子的逐渐变得滑头了，学会了用润滑剂，他会趁着红脸发怒的当儿，软塌塌地向红脸认错，红脸和白脸间的摩擦最终也被儿子给润滑了。白脸就称赞儿子懂事。新手机算是对懂事儿子的一个奖励。

柳甫掏出了他妈“奖励”的新手机，“喂，在哪呢？……我马上来。等我。”合了机盖，他拍拍我，安慰我说：“天涯何处无芳草，只怕你不做有情人。想开点啊。”

这时，一身新装的曹耀祖在校园门口出现了，柔情似水的样子。柳甫跑过去，他们俩手执着手，很快就在我的视线里消失了。

我心中的忧伤是无法用言语表达出来的。我遇上了有生以来最大的难题：我再也不容易见到我所喜欢的人了！我所喜欢的人本来已经成为我心房上的玫瑰采摘者，可是她就那么轻易地被她的妈妈——确切地说她的表姨妈给拽走了，留给我的是一个苍凉的粉红色记忆。

随后的日子过得有些浑浑噩噩，上课老走神，学习自然受到严重影响，各科授课老师几乎都对我有意见，陆续找我谈话。

语文老师马艳丽很严厉地说："万卡，你现在是怎么回事？！这次语文测试，你怎么连简单的文学常识都弄错呢！"她将我的测试卷拍得哗哗响，"你难道还不如皮鲁和黎明德吗？皮鲁和黎明德都能答对，你为什么不能？真是出怪了！"

班主任甄梦露虽然不像马艳丽那样训斥我，她说得比较委婉，但让人听起来也很不轻松，"万卡，我不想说太多。你也不小了，脑子应该很管用的，你该明白自己现在最应该做的事情，你该知道怎么调整自己的心态吧？"

其他老师，比如数学老师、物理老师、化学老师差不多一个腔调：下半年就要进高一了，万卡同学，万不可掉以轻心，要认点真呀！

姨尹雪敏一开完家长会回到家，就免不了对我进行一番开导，自然还是不改以前"一代要胜一代"的老格调，我只是垂头听着。说到后来，她就轻轻叹气说："万卡，你晚上怎么睡得那么晚呢？你看你满脸倦色。你正常的睡眠不保证，学习怎么能有效率呢？以后晚上要早点睡，行吗？"我闷闷地点头。

尽管老师们和姨都对我谆谆诱导，我自己也觉得他们说什么都是为我好，但事实上，那些教导对我影响不大，我并没有多大改变，因为我沉迷于上网，一时难以自拔。

电脑是年初姨为我更新的，上网速度极快。以前我上得比较多的是军事网、体育网（我对军事和体育很感兴趣），或者跟同学网上交流，聊聊天，发发伊妹儿，现在我的兴趣鬼使神差地转移了，我专门搜罗那些公开个人隐私的网页。也真是巧得很，有人好像了解我的这个兴趣，免费给我送信息来了。

那晚，我一打开电脑，就有一张肉色的小图片从某个地方忽地飞上了屏幕。我瞪大眼睛将图片最大化，脑袋顿时像蒸笼里揉进了发酵剂的面包，迅速膨胀起来。那是一个穿三点装的长发女人，她的胳膊上绘着鸟不像鸟，鸡不像鸡的那种图案。只眨眼的当儿，她就变样了，先是她胸脯上的那两点没了，露出了两个大面包，每个面包上还有泛着光的小黑圈，瞬间，她下身的那一点也不见了，变成了黑色的小丛林。这个没有穿任何衣服的长发女人，一点没有羞耻感，笑得那么自在，那么灿烂。她的笑比当初我见到的美国梦露的笑更让人浑身不安：天！女人的身子原来是这种样子！我不免想起柳甫说的话，他说现在很多女的都喜欢做原始人，原始人可以不穿衣服。当时我嘲笑柳甫胡说八道，如今看来，还真不能说柳甫胡说。

我兴奋而又惶惑地在屏幕上寻找那些不穿衣服的原始人。她们是非常容易找到的，只要鼠标轻轻一点，她们就会一个个地飞到你的眼前，千姿百态。后来，我还看见了她们跟不穿衣服的男人在一起，他们的身下是五颜六色的床，他们在床上也同样千姿百态。

我还看见了一些文字，那些文字跟图片一样让人心惊肉跳，图片冲击人的视觉，文字改变人的味觉，引起人无限遐想。照文字所表达的意思，男人女人的事是很美妙的，能够制造出一片神仙洞府的感觉来，让人飘飘欲仙。有一个叫小小的人这样直率地呼喊：快活死了，快活死了！

天，真有这么美妙？真有这么快活？

内裤时常被一些黏乎乎的东西弄脏，自慰带来一种恍恍惚惚的快感，也带来难以启齿的羞耻感。

我的这些所为都是在关紧门户的情境下进行的，除了我自己，没人知道。

常畅的影子被那些没有穿衣服的原始人和充斥着诱惑力的有色文字所淹没，我的灵魂也被它们所淹没，我甚至有时还想到楼上卧室里的姨尹雪敏。

周五晚，强迫自己做了一会儿作业，听了一会儿英语录音，但心还是痒痒的，手还是痒痒的，痒得人难受不堪。最终还是控制不住自己，还是打开可憎的电脑，顷刻又被网住了。目光依然不自制地在原始人和有色文字间游荡，灵魂依然不自制地在自慰和羞耻间沉浮。我在虚拟的肉欲泥潭里陷得很深。

敲门声，很有节奏，一定是姨尹雪敏。我慌乱地关了电脑，关了灯，脑海中依然闪现那些花绿的东西——可憎的东西，却又像磁石一样吸引人。

敲门声停了，随着一阵很轻的脚步的歇止，我有点泪潸潸了，我该怎么办呢？

上午甄梦露找我谈话的情景又赫然在目。

甄梦露面容比以前要严肃很多，“万卡，你近来到底是怎么了？上课老是蔫不唧儿的，作业做得也不认真，连简单的单词你都给写错。怎么回事？能不能跟老师说说？”我默然无语。

她问了半天也没问出个结果来，不免有点来气，“万卡，你以前不是这样子的！你这样下去，可不行！你还想不想上重点？你要上不了重点，别人会怎么看你？要知道，你是我们班上的好学生啊！”

我的头快垂到自己的胸前。

甄梦露缓和了口气，说：“万卡，不是老师成心要说你，你真的要好好找找原因。”顿了顿，她又补充说：“最好还是让你姨带你上医院看看，有什么问题。就赶紧治。”

我越想越忧悒不安，甄梦露说的一点没错，我真的不能再这样下去了！

黑暗中，我的泪水哗地下来了。

23. 钥匙

周六，我强迫自己骑车去近郊转转圈，呼吸呼吸大自然新鲜空气。途中很意外地碰见了柳甫和曹耀祖。

曹耀祖一改在学校里的清纯模样，嘴唇涂得跟熟草莓一般红，原本扎着的辫子也披散开来，原本宽松的学生服也被紧身衣所替代，前胸鼓鼓的，臀部凸凸的，样子很撩人。我的念头不免歪了起来，曹耀祖要是不穿衣服，是不是也成了原始人？

柳甫很可恶，有意当着我的面搂着曹耀祖，还肉麻地亲了一下曹耀祖的脸。曹耀祖捶了柳甫两下，嗲着声音说："你讨厌不讨厌嘛！"

他们这两个人怎么看都不像学生。我皱了皱眉头。柳甫看出我不高兴，说："你一个人出来，也不找个伴儿啊？"

我没好气地说："一个人清静。"

柳甫笑笑，"你看你，说话怎么那声气呢？"

曹耀祖姿态妩媚，说："你要愿意，跟我们一起玩吧。"

我才不愿意跟他们掺和呢。我说："我随便转一会儿。"

柳甫说："那好。你转你的。"他跨上自行车，曹耀祖坐在后座，紧紧搂着他的腰，他们兴致勃勃地对我挥手，"万卡，我们走啦。"

柳甫和曹耀祖亲密无间的样子大大刺激了我。我散心的兴致一下子就下去了，好不容易分散了一点的注意力又集中到原来的那些事上。我烦闷不已。

在郊外的马路上，我疯狂地骑着山地车，在马路的拐弯处，差点跟迎面而来的一辆小轿车相撞。幸亏那小轿车反应敏捷，竭力往旁边让道，要不然，我十有八九会成为轮下之鬼的。值得庆幸的是，我只不过是连人带车摔倒在地，腿上蹭了点皮，无大碍。

开车的是一个头发染得灿黄的男青年，他惊魂稍定，摇下车窗，探出头来，对我破口大骂："操你丫的，长眼了没有？！撞死了算谁的？！"

我扶起山地车，没说话。他又教训了我两句，开车走了。我站在那里，半晌才回过神来。我想，今天我要真被撞死了，算谁的？当然算我自己的。那样我就什么烦恼都没了。可是我又没有死。我活得好好的。我张开双臂，对着天空嚎叫——我第一次发出狼一样的嚎声，连我自己都弄不明白，我怎么会发出这种恐怖的怪叫？我可是一向被外人公认为斯文的孩子啊！

天空，一如既往的晴朗。白云，一如既往的悠闲。而我似乎不是以前的那个万卡了，我到底怎么了？

我在外面东游西荡，到傍晚才回去。姨没说什么，只是招呼我吃晚饭。饭桌上，姨照例问一些学习上的事，她说我还是没改开夜车的习惯，她开导我一定要劳逸结合。

面对温厚的姨，我真不知道该怎样应对。

吃完饭，我强迫自己翻看书本。将近九点钟，在姨的催促下，我去浴室洗澡。

墙上的镜子里有一个赤条条的人，隐私那一处极其丑陋。我的怅然感油然升起，我为什么会是这种样子？女人为什么会是那种样子？网上那个叫小小的人说，男人是钥匙，女人是锁，男人女人的世界是一个密室，这个密室原本是锁闭的，需要钥匙来开启的。叫小小的人大肆渲染锁被钥匙开启时的快乐感。我真的很想体验那种快乐。叫小小的人详细地讲了种种体验的方式，讲得惊心动魄，可是，可是，我到哪里去体验？我现在有钥匙了，钢质的那种，坚挺挺的，我要开的锁在哪里？

浴室里蒸汽缭绕，镜子里的人模糊起来。我狠命地擦着自己的身子，让我烦恼让我痛苦的身子！

澡，终于洗完了，洗了整整一个半小时。

我出浴室时，姨问："洗好了？"她大概奇怪我洗澡为什么洗了这么长时间，平素我洗澡要不了半个小时的。

我没有说话，裹着浴巾跑进自己的卧室，啪地关上了门。我的钥匙还是钢的！我扑到床上，又难受又羞愧，直想哭。

姨在外敲门，"怎么啦，万卡？哪儿不舒服？"

我不理会。这个时候，不论谁敲门，我都不理会！

姨依然在外敲门，她的声音有点焦急，"万卡，你怎么啦？哪儿不舒服？"我依然不理会。

不大会儿，传来钥匙在锁孔转动的声音。门开了，姨站在门口。我的房间姨一般是不轻易进来的，肯定是我刚才的样子吓着她了。

姨走进来，坐在我的床边，摸着我的头，"万卡，你到底哪儿不舒服？脸色那么难看。"

眼前的姨身上散发着淡淡的香水味，她穿着敞着领口的睡衣，我感到有点眩晕，锁！我猛然抱住她，有点绝望地叫道："我好难受！"

姨以为我真的生了急病，拍拍我的背，想扳开我，"万卡，别耍小孩子脾气啦。穿上衣服，姨带你上医院挂急诊。"

我紧紧箍住她的脖子，一个劲地说："我好难受！我好难受！"情急之下，我将姨带倒了。

姨到底明白是怎么一回事，厉声说："放手，万卡！我是你姨！！"我脑子里只有钥匙开锁的念头，我不理她，兀自做自己想做的事。

我比姨的力气要大，姨抵挡不过我，她的睡衣带子已经被我扯掉了。姨发疯地哭着推搡我，呵斥我，"小畜生！小畜生！！你放手！你给我放手！！"我不放手。我真的失控了，真的像一头小畜生！

姨使劲捶我，掐我，掐得我很疼。我的心到底被她掐疼了，我哭着罢了手。姨爬起来，披头散发。她泪流满面，咬着牙，恶狠狠地甩了我两记响亮的耳光。

那两记耳光重如铁饼，彻底甩醒了我。我胡乱地套上衣服，像一头受到严重刺激的小困兽，疯狂地冲出家门，跌撞进黑的夜。夜其实并不怎么黑，路灯们在闪着亮亮的眼，夜的黑是我的感觉，我感觉自己的心也是黑的，跟焦炭一般的黑。

我不想再回去了，我不敢再面对姨尹雪敏。她斥骂我是小畜生。是的，我是小畜生，我不是人！我怎么可以在她的身上打主意？！她是我的姨，她虽不是我的生身母亲，但她掏心掏肺地将我从一个七岁的小孩子抚养成一个十五岁的少年，她本是我尊敬的长辈呵！她只能是我爸爸的锁。我怎么能将她当作自己的锁？我怎么这样愚蠢，这样无耻！！

我魂不守舍地摇荡到小区里最幽暗的角落，抱着腿呆呆地坐着。我的世界在今夜全坍塌了，那些玫瑰色的花梦全被焦炭般的黑所埋葬了，我扭曲的灵魂在今夜终于醒了。我醒了，却悲哀又恐惧地发现，我找不到自己的出路了！我不知道自己该怎么办，我该上哪里去？那一刻，我突然想到了高楼。对，高楼！我要是像夜的鸟一样从那里飞下去，一切的问题是不是都在纵身飞跃中解决了？

高楼……夜鸟……

夜鸟……高楼……

一横心，一闭眼就能做的事。我终于站起来，朝小区里最高的楼宇走去。我的脑子一片空白，耳畔在隐约轰鸣着一个沉闷的声音：去死吧，去死吧！

以前我是很惧怕死的，我惧怕自己死后成了一堆无用的骨灰，但此刻，死亡对于我来说，似乎是没什么可怕的，死亡女神在向我殷勤召唤了。我不死，活着有什么脸面呢？我想起我奶奶的话，人活着，就是为了一张脸皮。脸皮都没了，活着有什么意思呢？

路灯将我的影子拉得长长的，黑黑的。我摇曳在地上的影子被另一个影子覆盖了。“你，站住！”低沉而有力的声音。

我站住了。一个穿制服的巡夜的保安。“我看你大半天了。深更半夜不睡觉，想干什么？”

“……”

“现在是严打阶段。你应该知道的！”

“……”

我对这个身材并不高大的人拦我的路有些厌恶，你管得着吗？但我一言不发，径直朝前走。他拿我没有办法，又招来了另外一个保安，跟踪我。

身后有四只眼睛，上高楼做飞翔的夜鸟就不大容易了。而且事实上，小区里的楼宇都是那种封闭的单元式，夜间任何一幢高楼都难以进去。我终究做不成飞翔的夜鸟。

我无限沮丧，在另一个幽暗的角落又蜷缩下来。

24. 释然

那晚我还是回去了，是被姨死活拽回去的。

两个保安跟踪我的时候，姨下楼找我。我在角落里清清楚楚地听见姨急切地向保安询问："你们看没看见一个男孩子？个子比我还要高一点，有点瘦。有没有看见？有没有看见啊？"她的声音带着明显的哭腔。

保安问："他是你什么人？"

姨说："我儿子。跟我闹了点小矛盾，赌气跑出来了。"保安"哦"了一声，就给她作了指引，他们自己也甩了包袱。

姨看见我这个幽暗中的落魄人，走到我的跟前，蹲下来，说："回去吧？"她的声音还算平静。

我没有动，抹起眼睛，我能听见自己的泪在心底汩汩流淌，我也能听见姨在心底轻轻叹息。夜在安静地呼着吸，偶尔有三三两两不眠的夜车在附近的街上急速地跑动。

彼此沉默了一会儿。姨碰了碰我说："回去吧。"我没有动。她开始拽我，"你这孩子，怎么不听话了？"

我还是没动。姨急了，"你半夜猫在这里，算什么？人家会将你当成小偷的！"她使劲拖拽我。

我依然不动。"你这孩子！"姨忍不住哭着说，"你什么时候变得这样不听话了？是不是要我将你爸爸给叫回来，你才肯回去？"

我不由得打了个寒噤。我害怕我爸爸，发自内心的害怕。我爸爸的脾气我是知道的，他绝不会像姨这样有耐心，绝不会轻饶我的！

磨蹭归磨蹭，我终究还是跟着姨回家了。

在客厅莲形华灯的朗照下，我这才注意到，姨已经穿上了极其正规的衣服，不露脖子，不露胳膊，也不露腿。

姨冲了一杯牛奶，递到我的手中。我不敢直视她，畏缩着接了，像一个犯人接受一个态度温和的警察的馈赠。我憋了多时的泪哗啦而下，泪扑簌进杯子里。

姨将我拉到她的对面坐下，递给我纸巾。我的肩膀抖缩起来，我压抑着自己的声音。

姨说："想哭，就痛快地哭吧。"我真的放声哭出来了。她给我递了好几张纸巾。

我的哭声终于下去了，心依然是空的，我不知道接下来该怎么办。我只是埋着头，机械地端着手中的杯子，杯子里的牛奶已经不能喝了，那里面有不少眼泪。

客厅里很寂静，静得只剩下我和姨呼吸的声音。

"今天的事，就当没有发生好不好？"姨终于开了口，"我不怪你。你在我的心目中始终是个好孩子，你那样做肯定是有原因的，是不是？"

姨说了很多话，我从来没有像今晚这样听得仔细，我以一种前所未有的敬畏心态听姨说话。

姨说着说着，就落了泪。姨说："我一直将你当我自己的亲生儿子看待。我跟你爸爸之前，也有一个很好的家，我有一个跟你一样可爱的儿子。那时他只有两岁，刚过完生日，他爸爸开车带他出去兜风，不幸出了车祸，他们两个再也没有回来。我觉得天塌了下来，我病了，病了很长时间，直到有一天遇见了你爸爸。……我一直在你身上寻找我儿子的影子，我一直想让你过得高兴。我没有想到你原来这么不愉快。我不知道我哪些地方做得不好。万卡，你能不能跟姨说说？"

姨的眼神是忧伤的，语调也是忧伤的。

我终于向姨坦白了我的一切秘密。看得出，姨有些震惊。我的头终于微微抬了一点，“姨，你说我该怎么办呢？”

片刻的无言。姨说：“万卡，你这一段时间最好不要再上网了，因为你管不住自己。你一上网，就想看那些东西，是不是？”我重重点头。

“你现在知道了吧，那些东西都是坏东西，它们害得你成天像个傻子一样。你还是离它们远点。只要你不理它们，它们也就害不到你了。”

“我知道。”我的声音像蜜蜂在嗡嗡，“可我，我老想做丢人的事！”

“万卡，你老是这么想吗？”

我怯怯地点头。

“其实那并不丢人。”

我的腰不由得直了一些。

“许多人都这样做过。你爸爸以前肯定也做过。你以后就知道，这其实并不丢人。”

“真的吗？”

“真的。不信你去问别人。不过，别人一般不会告诉你的。你的事，你告诉别人吗？”

我摇头，我当然不愿意跟别人说这种事。

“万卡，你说你现在的主要任务是什么？”

“学习。”

“你有许多书要看，许多作业要做。看书看累了，做作业做累了，你可以放松放松呀。比如打打球，下下棋，吹吹葫芦丝，听听音乐，看看好的电视节目，比如像科教频道、军事科技之类的节目，这不是很好吗？你以前不就是这样的吗？你想想，这比你成天将自己关在房间里，看那些污七八糟的东西要好吧？”

“姨，我以后听你的。”

姨给我换了一杯牛奶，“现在夜太深了。你将牛奶喝了，去睡觉吧。”

我嗫嚅着，“姨，你会告诉我爸爸吗？”我还是有些害怕姨将今晚的事告诉我爸爸。我想我爸爸知道了肯定会暴跳如雷，他一定会将我捶成扁鱿鱼片，然后将扁鱿鱼片从屋里踢到屋外。我还能是现在的我吗？

姨摇头说：“我什么人都不告诉。我们都将今晚的事忘掉，好吗？”

我满怀感激地点头，喝了牛奶。走到房间门口，我转身对姨说：“晚安，姨。”其实我特别想拥抱一下姨，是那种儿子对母亲的真正依恋，纯洁的依恋。

那天晚上，也许是因为将堵在心头的障碍物全倒了出来，我觉得心里好受了很多，我在床上折腾了没多会儿，就迷糊着睡了。

我的钥匙成了皮质的，内裤再也没有黏糊的东西，这是将近一个月来破例的一次。

25. 青青果

当我的问题不再成为问题时，柳甫和曹耀祖两人却出了大问题，称为严重事故，似乎更确切一些。这个事故说出来都让人脸红得不行：曹耀祖怀上了柳甫的孩子！

最初柳甫和曹耀祖稀里糊涂，不知道他们能制造孩子，等到知道了，孩子在曹耀祖的肚子里已经毫不客气地长了四个来月。

曹耀祖的姥姥不在意外孙女这种变化，她总觉得她们家耀祖太瘦，为了让曹耀祖开胃，老太太在烹调上想方设法，做出合外孙女口味的菜。曹耀祖的妈妈不喜欢曹耀祖乱吃东西，说吃得那么胖，连小肚子都给吃出来了，越长越难看！她也不知道自己的女儿有那种问题，她当然想都不会去想，她的独生女儿十五岁的生日还没过。尽管她的女儿成绩不好，但在家里很乖很听话，这样很乖很听话的孩子能做出大人的事？做母亲的对女儿没有什么戒备。不像常畅的妈，仅凭常畅的几页日记和一张心形卡片，就异常紧张，草木皆兵，进入一级戒备，非得将常畅转到别的学校。不知常畅现在怎么样，我还是有些想念常畅。

柳甫和曹耀祖发觉出了事故，都很惶恐。柳甫拐弯抹角地打听到用药物可以将孩子弄下来，他就在晚上戴着大口罩去一家私营药店买堕胎的药。曹耀祖吃了药却不管用，柳甫垂头丧气：肯定是假药。曹耀祖只得拼命地蹦跳，做仰卧起坐，做得热汗直流，还咬牙坚持做。不管她怎么弄，那孩子就是不肯下来。柳甫见她痛苦的样子，心里也很难受。两人私下商量着怎么办，商量好了之后，柳甫就找我，他们认为万卡是最值得信赖的。

我眼前的柳甫神情非常落魄，全没了昔日的神气。他恳求我借他一些钱，他们要去将孩子做掉。他还恳求我千万千万不要跟任何人说："求你了，万卡。你要说出去，我们就没脸再活下去了。我们家里人肯定不会放过我的，特别是我老爸，他非把我打死不可！"他像是要哭的样子。我没有资格批评他们为什么不小心，我要是当初跟常畅好的话，天知道我们会不会出事故！

"万卡，你能不能保证，不说出去？不跟任何人说，连你姨那里，你都不说？"这句话柳甫接连问了好几遍。

我说："我没有那么无聊，我保证不跟任何人说。你们要多少钱？"

柳甫说："你暂时借我三千吧。我们保证想办法还你。"

我说："只怕我的卡里没有那么多钱。"我爸爸对我平时花钱是比较控制的，他每月只往我的卡里打进八百元，供我零花。姨偶尔也会给我一点零花钱。我花钱算不上大手大脚，买买学习用品、手机卡、零食之类，偶尔跟要好同学下馆子搓一顿，略有节余，但不太多。

"那你有多少，就借我们多少。要是不够，我们再想别的办法。"

我们去学校附近的自动取款机取了钱，一共两千一百元，我将兜里的三百元钱也掏给了柳甫，自己只留了二十元的零花钱。我的同情和理解让柳甫两眼湿漉漉的。

我说："唉，柳甫，事已至此。你也别那样。你打算带人家曹耀祖去哪里做手术？"

柳甫抹抹两眼，无奈地说："还能去哪里？去医院。城区的大医院不能去，碰见熟人，那就惨了。只能去远一点的郊区医院。"

那个星期六，柳甫带曹耀祖到远郊的一家私人医院，用的是假名字，虚报了年龄，他们个子比较高，说他们二十岁，医生也还相信。医生跟他们说，胎儿有点大了，只能做人工流产。做完手术，回去一定要好好休养，否则身体会受到影响的。医生还说，人工流产可能造成一些不良后果，比如终身不孕。

不良后果目前看不出来。身体受影响是肯定的。手术后的曹耀祖脸色苍白。开始柳甫劝曹耀祖装病，在家休养一阵子，曹耀祖不敢长时间请假，只在她姥姥那里歇了一周，装着若无其事的样子照样上课。她又恢复了没被选上班花前的样子，开始微低着头走路。柳甫样子也很失落。

柳甫和曹耀祖事故之后，校园里还发生了另一起更为严重的事故。

一个初三女生跟一个男同学相好，在只有两个人的隐秘空间里，男生第一次拿自己的钢钥匙开女生的锁，不知道怎么搞的，那锁被开坏了，出血不止。两人不是傻子，知道人的血要是流完了，那就会死的。男生害怕极了，也顾不得什么面子，哭着打电话向和善温厚的班主任女老师求救。女生被送医院急救，才保住小命。这事就这么地被抖了出来，学校藏不了，也掖不了。

男生和女生的家长都被学校打电话急招过来。

女生家长，一个浑身散发着脂粉香气的颇有风韵的中年女人，愤恨指责男孩是小流氓。男生家长开始忍声吞气，愿意予以经济赔偿，只是被女生家长骂急了，忍不住也回敬：这能全怪我儿子吗？你女儿也不是正经女孩，小妖精，会勾引人。双方面红脖子粗，抡胳膊舞拳，差点动起手来。校长和班主任费了好大的劲，才将他们拉劝开。

女生家长还严词谴责学校严重失职，将我们女校长的办公桌拍得山响：你们这是什么狗屁的重点中学？！我将女儿交给你们，你们就得对她负责！啊！我问你，你女儿，你女儿要成这样，你他妈的会怎样？！

事件一出，闹出一系列校级紧急会议：全校行政管理人员会议，全体教师会议，全体班主任特别会议，等等。学校将严重失职的帽子戴在那女生、男生的班主任头上，以致一时间，全校戴班主任帽子的老师都感到有些头疼。甄梦露当然也不例外。班主任会议上，校长主任们情绪激动地强调班主任的职责，特别点名提醒她：小甄呀，你也得注意你们班上的动静。据说你们班上也有苗头。你必须尽快做做思想教育工作，以防后患！

甄梦露一出会议室，就将柳甫和曹耀祖找去了。她对他们两人交好的事早有耳闻，只是她无意管他们，她忙于管理的主要是那些成绩优秀或者还凑合的学生，譬如我。而她本人又是比较崇尚开放的，她对这类男生女生相好也不以为怪。据柳甫说，甄梦露自己在中学时就热衷和男生相好。

现在不同了，正当风头，班主任甄梦露不得不硬着头皮，教育开导苗头最突出的柳甫和曹耀祖。她原先有些担心柳甫会脸红脖子粗地跟自己较劲。让她感到欣慰的是，这个班上一向玩劣的男生居然也能静静地接受她的训导。

她当然不知道，她眼前的这两个稚气尚存的学生已经偷吃了禁果，并且已经深深地品尝到果子的真正味道，果子是青青的，酸涩的。柳甫一直低着头，曹耀祖不时地抹眼泪。

甄梦露看着两个可怜巴巴的人儿，都有点于心不忍了，宽慰他们：“你们也不要有太多的想法，老师说你们，是为你们好。”她拍拍柳甫的肩，摸摸曹耀祖的手，温柔十足地哄劝：“好了，好了，不要哭了。要好好念书，争取中考考好一些。好不好？”低头的和流泪的都一律点头。

26. 夏威夷

晃一晃，中考时间就到了。再稍微晃一晃，考试结果就出来了。班上的四十三号同学绝大多数都考上高中（或重点高中或普通高中）。柳甫和曹耀祖等少数人进了职高或中专。只有高凡响例外，他将被送到加拿大读高中。我不知道他现在是什么状态，我们一直没有再联系。

我很如愿地考入海淀区有名的R大学附中，我爸爸和姨都很高兴，两人商量着暑假带我去哪里好好玩一玩，他们征求我的意见，我说我想去夏威夷。

我一直想去夏威夷，这其实跟我姑姑有关，是她让我牢牢记住了这个地名。我姑姑万新上次还在电话里对我说，夏威夷是个很好的地方，你要有机会，就去那里看看。

我姑姑万新喜欢旅游，她去过世界不少地方，她说她感到印象最深的还是美国的夏威夷，那里美丽的风景，那里浪漫的情调，让人很难忘。她每一本书中的人物爱情故事的发祥地几乎都是在夏威夷。也许在姑姑那里，夏威夷不是一个实实在在的地理名词，而是一个浪漫情调的代名词。

我姑姑一生都在追求永恒的浪漫，但她又时常被这种浪漫所伤害。

……因为这世间，根本就没有永恒的浪漫，浪漫是具有飞扬特质的，它总是飘忽不定的，它可能停留在阳光下的玫瑰花上，可能停留在渔歌悠唱的黄昏的日月湖上，可能停留在月光下的相思树上，可能停留在灯红酒绿的调笑中，甚至停留在伟哥和春药堆积的床上。……

——这些是我姑姑书中的句子，出自年初我姑姑来京签售的那部小说《夏威夷的假日》。这部小说的里面当然也不乏一些男女生理与性情方面的描写，但是写得很有诗意。文字飞扬，充满诗意，是姑姑小说的特点。也许因为这个原因，小说家梦露再怎么写男女之事，都不会被人打入“用身体写作”的那一类。

暑假期间，我仔细阅读了《夏威夷的假日》，我是以一种比较安静的心态看的。我的这个安静脱胎于当初的迷乱和癫狂。我长大了，我在十五岁这一年夏季真的长大了。我想我要感谢姨，由衷地感谢。那事如果放在我母亲秦非可那里，绝对是另一番样子，我会被打上“彻底堕落”的标签，我会彻底打碎我母亲秦非可对我的一切希望，因为我在她的眼里是无可救药的。

回想起来，我母亲秦非可大概属于另类的女性，她缺乏传统女性所具有的温柔（我不想因为她是我的亲生母亲，就掩饰她的缺点）。她是有着勃勃雄心的女性，一直在追求她自己想要的那种不时充满新鲜和活力的多姿生活——以我爸爸万达曾经指责她的话来说，恨不能每天都要变着花样生活。她对丈夫万达不满意，对年幼的儿子万卡也不满意，她说万达和万卡这两个人都是她的绊脚石，她为他们耗费了大量的时间和心力，结果他们没有让她感到丝毫的快乐。她的坏脾气就是被这两个绊脚石给绊出来的。后来她干脆搬掉这两个绊脚石，只身远涉重洋，去追求她想要的生活去了。

没想到，我在夏威夷居然见到了我母亲。

久违了的母亲穿一身淡粉色的裙子，露着清瘦的锁骨，白金项链是鸡心状的，高跟皮鞋是高山雪莲一般的颜色。她的这身很青春的打扮并不能掩饰她容颜的憔悴。

母亲坐在我的对面，久久地盯着我看，看得我的目光不知落在哪处才好，“妈”那个字卡在喉管里总出不来。咖啡馆里的情调跟北京的咖啡馆是有些不一样的，带有一些淡淡的忧伤。这份忧伤主要来自母亲。

母亲终于开口了，“她对你还好吧？”我知道她指的是姨。我说：“很好。”她指指我面前的杯子，示意我喝点咖啡。我顺从地喝了两口，味道并不怎么好，苦味比较重。

我说：“你也好吧？”

“还行吧。”她两手摩挲着杯子，自从我们见面开始，她就一直摩挲着杯子。

她沉默片刻，又问：“中考怎么样？”

“还凑合。”

“哪所高中？”

“R大学附中。”

“嗯，还不错。”

我们的话总是很简短的，最后简短到没有话说了。她拿出数码相机，问我能不能和她照张相，那语调很客气，如同请求跟一个陌生的路人合影留念。

征得我的同意，母亲用英语跟咖啡馆里的服务生说了几句。我英语听力不赖，母亲跟服务生的谈话我能听出个大概。她在跟这个服务生说，我想跟我儿子到咖啡馆前的沙滩上合影，请你帮我们照一下，好吗？服务生点头说，没问题，乐意为您效劳。她就将照相机递给服务生，拉着我到外面的沙滩上，她选择好了一个位置，手轻轻地揽着我的腰，朝服务生做了个“可以开始”的手势。

服务生朝我咧咧嘴，那意思大概是请我们笑一下。我勉强笑了笑，服务生按动快门，说：“OK！”将相机还给母亲。母亲道了谢，忙不迭地看那相机里的照片，我看见她的眼里似乎有泪。

那时候，夕阳已经在远处的海滩上投下浓重的光影。

母亲递给我一张卡片，“这是我的名片。有空就跟我联系，打打电话。”她的声音有些哑。我想起姨的嘱咐，我说：“我姨希望你和我们一起吃个晚饭。”她苦笑了一下，“饭就不吃了。跟你见面，就足够了。”她开车送我。一路上我们没有说话。

到我们住的旅馆门前，母亲停下车，我们一起下车。我跟她道别，她突然抱住我，哽咽着说：“希望你以后能到美国读书，我可以经常看你。”我不知道该说什么，她放开我，抹抹眼睛，惨淡地笑笑，“好了，你自己上去吧。“她走向她那辆半新半旧的黑色小轿车，头也没回，钻进车里，径直开车走了。

我回到客房。姨朝我身后张望了一下，问：“怎么就你一个人？不是说好大家一起聚一聚的吗？”我幽幽地说：“她不肯。”

我和母亲秦非可见面是我姨安排的。当时我姨只是跟我说有一个人非常想见我。我问是谁。姨卖着关子说，你见了就知道了。

关于姨跟我母亲是怎么联系上的，我就没有再问了。我爸爸在旁一直没有吭声，我不知道他心里想些什么。我母亲去美国的那一年，经常来电话，他嫌她骚扰我们，就将家里的电话号码给换了。在以后相当长的时间，我们家换过几次电话。姨对此还有些意见，但我爸爸坚持这样做。

夏威夷之行并不愉快。我老记得我母亲忧虑的样子。回京的那天，我给姑姑打了个电话，姑姑问我对夏威夷有什么感受，我说：“不错的一个地方。”

姑姑说：“你妈妈也在那里。”

“我见到她了。我姨让我见的。”

“你觉得她过得怎么样？”

“不怎么样。”

略作停顿，我姑姑说：“有时间多给你妈妈打电话吧。这些年她一直很惦念你。”

我有点奇怪，姑姑怎么知道我妈妈惦念我，她们经常联系吗？

在我的印象中，我姑姑跟我妈妈关系并不好。我依稀记得，我妈妈走的那年，还跟我姑姑激烈地吵了一架。我姑姑说我妈妈光顾着自己，太自私。我妈妈说，你有什么资格说我，你自己是什么货色？！你别忘了，你爸爸是怎么死的？他是被你活活气死的！我姑姑脸色煞白，愣在那里，说不出话，眼里溢满泪。

带着疑问，我问姑姑："你怎么知道我妈妈惦念我？"

我姑姑说："这两年我一直跟你妈保持联系。你也许不知道，两年前，我去夏威夷，就想着要找找你妈妈。我很想知道你妈妈这些年到底生活得怎么样。费尽周折，找到了她。她过得并不如意，她至今还是一个人过日子。她常常想你，想得夜里都睡不着觉。她很想回来，但又总是撂不下那个面子。"姑姑叹了口气，"唉！你妈妈这个人呢，心地并不坏，就是太争强好胜，时刻想着出人头地。她现在有些后悔当年不顾一切地出国留学，丢弃很多宝贵的东西。她最愧疚的就是丢下你。"

我忍不住叹气了。自从我记事以来，我一直觉得我母亲不喜欢我，她很少对我轻声细语地讲话，动辄就对我训斥，后来她丢下我，一个人跑到美国去了。那时我奶奶还说我母亲不要我了，一个人过好日子去了。我也相信我奶奶的话，我以为我母亲真的不要我，为此对她有些怨恨。现在听姑姑这么一说，我才知道我其实是误解母亲了。

搁电话时，姑姑还一再嘱咐说："万卡，有时间，就多跟你妈妈联系联系。她现在最需要的是你的理解。"

我马上应答，"我会的。姑姑。我不但要经常跟我妈妈联系，也会经常给你打电话，或者发邮件。"

姑姑爽爽地笑了，"那好哇！"

27. 生活就像甘蔗糖

时光快得像飞旋的陀螺一样，一转眼，漫长的暑假接近尾声。

我有撕日历的习惯，晚上睡觉前，我撕下八月二十二日的日历，明天，八月二十三日。这个日子似曾相识，我拍拍脑袋，猛地想起这是柳甫的阳历生日。

去年这时候，皮鲁和黎明德他们就盛情邀请我给柳甫过生日，经他们一捣鼓，来参加聚会的男生有十来个。大家找的是一个家常菜馆，原本是商量着大家凑份子。热热闹闹地一通吃喝，完毕，柳甫抢着买了单，我们对他买单表示不乐意。柳甫显然有点激动，说哥们都看得起我啊！我要不买单，我心里不安啊。

我端详着日历，回想去年给柳甫过生日的情景，不免有点失落。那个场景多么热闹，大家过得多么开心啊！今年怕是不会再有这种热闹这种开心的场景了。

暑假我见过两次柳甫，他满脸无奈和忧虑，已经不是以前那个大大咧咧、没心没肺的柳甫了，他明显有了浓重的心事。

柳甫跟曹耀祖的甜蜜往来在暑期遭遇“滑铁卢”。他们频繁出格的交往终于被曹耀祖的妈妈发现了。曹耀祖的妈妈狠狠斥骂曹耀祖，规定不经她的许可，曹耀祖不准私自外出。这位曹妈妈将女儿看得很严，恨不能做生意都将女儿带在身边。柳甫真是无计可施。

更让柳甫难堪的是，恋爱的伤正痛，家里的大人不但不给他半丝抚慰，还往他的伤口上撒盐。

柳甫的爸爸耳闻柳甫跟女生拉拉扯扯，异常光火：怪不得考得那么差，原来心思都花在小妞身上！你才多大年龄，就想着泡妞？！你爸爸当年二十五岁才开始想着泡妞，那还是你奶奶给催逼的！你爸爸泡妞也没泡谁，泡的是你妈！你小子才多大啊？！你不好好念书，成天花着心思泡妞！你怎么这样不争气啊！柳甫的爸爸越骂越来气，抬脚横扫了儿子两腿，盛怒之下，勒令柳甫去他的公司当搬运工。柳甫妈妈平素总向着柳甫，这回也不由自主地站到他爸爸那一边去了，她也觉得家里的这个小子，实在是不像话，不让他吃点苦头，是不知道生活的滋味的哟！

我非常同情柳甫。我想他明天的这个生日一定也是萧条不堪的。我决定给柳甫过过生日。

睡觉之前，我给柳甫发了个短信。很快，柳甫就回信了，他谢绝我的好意，他说他明天一大早就得去送货。

我又发去一个短信：中午行不行？我请你吃麦当劳。

他回复说，真不好意思，万卡，我爸不允许我在外面吃饭。我困得不行了，我们就聊到这里。晚安！短信的最后是一张哭丧着脸的卡通图。

我禁不住替柳甫叹气。这个柳甫，原来是那么的张扬，现在居然被管制到这种憋屈的地步！真有点难以想象的啊！

柳甫的生日那天，我给他发了一条短信（自己瞎编的）：

生活不缺冰淇淋，酷热来时降降温。生活当有哈哈镜，沮丧也能变开心。生日这天欠热闹，改日请吃麦当劳。衷祝哥们开口笑！

给柳甫的短信其实也有我自己的一点感慨。回想刚刚过去的那些日子，虽然不乏快乐，但也有很多迷惘，苦闷。穿越这段迷惘与苦闷，让我比以前有了更多的思考，也让我变得成熟了许多。我觉得生活就像甘蔗糖，你越嚼，越能尝到它的甜味。比起柳甫来，现在我要坦然得多。

一周后，我满怀信心地出现在R大学附中的校园里。

让人惊喜不已的是，我又看见了那个熟悉的身影，我在心中叫道：常畅！她也是R大学附中的高一新生。她的个子似乎长高了一点，马尾辫不见了，头发很短，看上去，比以前更精神了。

半年来，我曾无数次地想念她，仅仅是想念而已。我知道我的主要目标不应该是她，是我的重点高中。重点高中，这是每一个初三学生都看齐的目标，这也是每一个初三学生家长和老师们都尤为看重的目标。姨说，人总是在一个目标又一个目标中向前过着日子的。她还说万卡现在又有了新目标，是重点大学。我爸爸也这么说。碰见初中时的老师，老师也这么说。

我站在R大学附中校园里的中心花坛边，静静地看着常畅走向教学楼，她的步履很轻盈。

我还看见了常畅的妈妈，一个身上有着我姑姑影子的人。我想，她一定对她的女儿很满意。她在笑着向常畅招手，那笑在阳光下显得很灿烂，也很温柔。

跟常畅照面是当天下午，我们在教学楼的走廊上相遇了，彼此笑笑，我们之间有说不完的话题。

"你在哪一班？"我问。

"三班。你呢？"她的眼睛是明澈的。

"四班。"

"隔壁那教室？"

"是，隔壁那教室。我们又是同学了。暑假没上哪儿玩吗？"

"哪儿也没去，就在家待着。你呢？"

"跟家里人去夏威夷转了转。"

"人家都说那是一个旅游胜地。你觉得夏威夷好玩吗？"

"我没怎么觉得好玩，反正就那样吧。"

"是吗？"常畅看了看我，笑了一下。

我们又聊起初中的几位老师，聊的最多的当然是英语老师兼班主任甄梦露。常畅说："甄老师国庆要结婚了。"

以前总听柳甫说甄梦露谈恋爱的事，初听甄老师要结婚，总觉得是个新闻，有点新鲜。我说："你听谁说的？"

"我妈妈。甄老师的妈妈告诉我妈妈的。"

"哦，你妈妈跟甄老师的妈妈熟悉。怪不得平素她那么关心你。"

"哪里？她们是暑假跳交际舞的时候才认识的。"说到这里，常畅撇撇嘴，"甄老师不关心你吗？她对班上的每个学生都好，她从不偏心。你说，她结婚，我们要不要祝贺一下呢？"

我说："当然要祝贺。怎么祝贺呢？"常畅一时也想不出好的方式，就说："到时候，咱们约班上一些同学，大家商量怎么给甄老师祝贺吧。"

快要上课了。我们彼此说拜拜，回各自的班了。临走时，我说我们放学后见一见好不好？她说好。我一直想问她去年寒假的事情，我想问她过得怎么样。

28. 原来如此

因为是开学第一天，下午放学比较早。我和常畅没有急于回家，而是在校园的凉亭对坐下来。我忍不住跟她诉说去年寒假那阵我差点崩溃了，她说我也是。瞬间的沉默，她说："我妈妈知道了我们的事情，将我打骂了一顿。"

我吃了一惊："你妈还打骂你？"

"我妈妈对我，远比你想象的要严厉。"停了停，她说，"我当时的确有些恨她，她不但打骂我，还将我的日记撕毁了，将手机没收了。"

"难怪我打你手机，总是关机。"

"她不允许我出去，其实相当于将我软禁起来。"

"对不起，都是我不好！害你受了那么多的委屈。"我真诚地道歉。

"还好啦，都过去了。"她若无其事地笑了。

那天，她跟我说了不少她妈妈的事情。她说她那两天跟她妈较劲，闷头睡觉，拒绝吃饭。她妈妈又气又急，后来几乎是哀求她要懂点事，她妈妈甚至将自己的惨痛经历告诉她，让她知道妈妈为什么死活反对她跟男生交往。

常畅妈妈常小惠的情感经历并不复杂，只是听起来，是有些叫人嘘唏的。

常小惠在念初三时，就开始跟一个叫吴良的男生相好。中考时，常小惠考上了一所中专学校，吴良则上了一所普通高中。那年月，中专还是比较吃香的，能直接考上中专的大都是成绩好的学生。常家上下自始至终都坚决反对常小惠跟吴良交往，吴良家里实在太穷了。常小惠却是死心塌地地要跟吴良好，哪怕被自己的父母打骂，被自己的兄弟姐妹斥责。常小惠三年中专念毕业，在省城一家医院当产科大夫。吴良也不辜负常小惠，高考考上京城的一所名牌大学，常小惠为了鼓励吴良安心读书，每个月都给他寄生活费。寒门弟子倒是很励志，吴良一鼓作气，上完本科，又考上硕士研究生。那时的常小惠也不甘落后，也通过自学上完本科，拿到本科文凭，经过努力，调到京城的一家医院工作。她每个月依然资助吴良，这种资助一直持续到吴良到美国留学读博士。照理说，这个时候常小惠和吴良该熬出头了，两个人从初中同学时开始相好，持续了漫长的十来年，感情也是够稳定的吧？常小惠曾经多次跟吴良提结婚的事，吴良总是说不着急，等他事业安稳再成家。她万万没有想到，被自己一心一意爱着的吴良到了美国，就不想再回来了，为了能顺利拿到美国绿卡，他竟将她一脚踹开，娶了一个比自己还大五岁的华裔女人。常小惠受到致命打击，从此不再相信爱情。

常小惠对女儿讲到这里，已经是泪流满面。“畅，我要明白地告诉你，不要相信任何男的！尤其是刚上中学的时候，你没有成熟，你看的都是表面现象，你不可能看透他的内心！人心总是在变的！”

“畅，我也毫不隐瞒地告诉你，我其实并不是你的亲妈妈，我不过是你的表姨妈，那时你亲妈想要男孩，已经超生两个女孩，你是老三。我已经抱定独身，就毫不犹豫地将你要了过来。我将你当我自己的亲生女儿培养，我绝对不能容许我的女儿走我的老路。你现在可能很恨我，等你长大成熟之后，你会慢慢明白的。”

常畅对我说完她妈妈的事，叹一口气说：“我那时才开始知道我老妈原来是那么的不幸！可我还要跟她较劲，我实在太不懂事了！我当时忍不住哭了，我说老妈，对不起，我以后都听您的！”常畅两眼湿润，“万卡，有些抱歉！我要让你失望的。”

“说真的，我们要是真那样下去，是不是也不好？”我坦诚地说，“我们其实很多东西都还不懂。”

她重重地点头，“真是这样的。我们其实真的不懂什么。”

开学的第二天上午，领新教材。我同其他同学一起，领到了一本书。这本散发着油墨香气的书前所未有的新，从书名到内容。书名叫《高中性健康导向》。听说上初中的学弟学妹们手头也都有了另一本教材《初中性健康导向》。让我辈曾经多方窥视的那些东西，现在大大方方地登陆于这些装帧精美的纸页之上。

假如这种教材早点发到我辈手中，我想，我肯定不会偷偷摸摸地窥视自己想知道的生理秘密，柳甫和曹耀祖大概也不会稀里糊涂地制造出孩子来，那两个初三学生更不会弄出钥匙开坏锁那种要命的事。

我现在可以从容地研究男性与女性身体的真实构造，知道这世间有亚当，就必然要有夏娃，真正理解“同性相斥，异性相吸”是一条适合于万物和人类的永恒定律。男孩对女孩有好感，女孩对男孩有好感，就是因为异性相吸。有一句话叫“男女搭配，干活不累”，这也是异性相吸的魔力所致。

我还真正认识了自慰问题，知道那是正常行为，并不是什么肮脏下流的事。不过，任何事都要有度，自慰过度就不正常了，就像吃东西一样，贪吃会伤肠害胃的，这一点我懂。

我还知道了许多跟性有关的问题，比如艾滋病、同性恋，等等。

教我们生理卫生课的是一个身材略略发福的中年女老师，名叫东方鸿，她看上去性情温厚，说话时总带着笑。

东方老师让我们了解不少生理卫生常识，她还特意谈到男生女生互相产生好感该怎么处理的问题，说老师是过来人啊，在这里跟大家分享一下老师的经验。大家就愉快地笑起来。老师告诉我们：处理的方式其实非常简单，就是男生女生尽量避免单独相处，而是到比较热闹的公共场合交往。为什么要避免两人独处呢？因为你们自控力不强，万一一时冲动，双方就有可能把持不住自己，那不就容易出问题吗？要是到公共场合交往，那情景就不一样了，想一想，周围都人来人往的，那么多目光在扫视你们呢，你们还能干出什么出格的事？

老师说得是啊！我由衷地认同东方老师的说法。想想当初柳甫和曹耀祖，还有那个初三男生和女生，之所以越轨出岔子，不都是因为他们将两个人关在隐秘的空间里吗？再想想我和常畅，假如我们当初将我们俩关在两个人的小世界里，谁又能保证不出岔子呢？

东方老师还开导我们：一个人一生的时光极为有限，分为童年、少年、青年、中年和老年几个阶段。每个年龄阶段有每个年龄阶段该做的事。你们现在正处青春年少，主要任务是学习，积累知识，不应该过早地涉足青春禁区。你们的情感好比是一棵树，这棵树上也开始在长果子，但这果子是很不成熟，很青涩的，如果你们过早地将它摘下了，你品尝到的一定是苦涩的味道。等将来你们进入青年时期，这果子会长得很成熟，那时候你再将它采摘，它自然是香甜的。……

老师讲得入情入理，我们都竖起耳朵在听，唯恐漏听老师的某一句话。东方老师的生理卫生课上得真是魅力无限，叫人受益颇多，得趣也不少。

课堂上，安全套套塑料香蕉的游戏尤为有趣，而用安全套吹泡泡的游戏更让人兴奋。那时刻，我不由自主地想，隔壁教室的常畅在做这些游戏时，是不是也很兴奋呢？我想那是肯定的。

我和常畅经常在校园里碰面，彼此亲切地打招呼，有时我们俩也在一起讨论讨论课业问题。我们的心敞敞亮亮，我们彼此坦诚无伪。

我现在完全可以将我跟常畅之间的关系做个定位：我们是同学，关系很好的同学，彼此很喜欢。至于我和常畅之间有没有更深刻的故事发生，那恐怕是青年时期的事了。

作者附记

在我的眼里，青春当是不朽的。青春是一本质地轻柔但内容厚重的大书，书里写满了诸多美丽动人的故事。就算青春已逝，这本书也能永远珍藏。

回想我的青春期，表面是一湖静水，实际上在静水下也偶有暗潮在涌。那时的日记可谓是粉红色的，里面隐藏着不为人知的小秘密。上初三时，一向对男孩子不屑一顾的我，突然对班上的一个男孩子非常关注。说来也有点意思，我从来不跟他多说话，偶尔他跟我说学习上的事，我多半敷衍两句，就躲开了。一个学年下来，我们之间说的话屈指可数。伴随初三毕业，我对这个男孩子的异样感觉也就慢慢淡了。一切逐渐如常。

成年之后，我深切地感到，青春岁月的那种所谓的“喜欢”仅仅是喜欢而已，跟成年时期的恋爱绝对是两码事。我后来当了中学老师，对于班上某些男女学生之间产生的那种青春萌动，是颇能理解的。但有的老师不理解，索性称之为“早恋”。那时我们的一个上了年纪的同事说到初中生“早恋”就颇为疑惑，说才多大的孩子呵？不好好念书，就想着搞对象了。真叫人想不明白！他教的那个班有一个男生学习不太上心，喜欢跟女生拉扯。他就在班上训斥说，有的同学书不好好念，却是小公鸡冠子红红的呢！他虽没直接点名，但大家都知道他训的是谁。遗憾的是，他的这种训斥并没有让那男生断了跟女生好的念头，男生私下里真的跟一个女生“搞起了对象”。若干年后，我回老家偶遇这个学生。

提起当年的事，他实话实说，“其实那时并没有什么恋爱意识，我只是喜欢人家，跟人家接触多一点，就被同学和老师看成是谈恋爱了。这样一弄，让我很反感，我想我就跟人家好，你们又能将我怎么样！原本没有的事真的就有了。我也不是不知道这样会影响学习，可是我又无法让自己解脱出来。我那时有很多烦恼，可是不知道跟谁去说。”

学生的一番实话是值得深思的。对于青春期的孩子来说，青春烦恼并不是他们想要的，他们想要的是快乐。他们渴慕异性并没有错。从生理发育的角度来说，青春期性机能趋向成熟，青少年往往会对异性产生向往的心理。所谓的“少男钟情”，“少女怀春”，其实都是正常的生理反应。德国18世纪的文坛巨匠歌德在他早期的小说《少年维特之烦恼》序诗中就曾写过这样的话：“哪个少男不善钟情，哪个少女不善怀春？”

不过，有一点也是不能忽视的，青少年的性心理发育远不如他们的性生理发育成熟。从生理方面讲，他们似乎已“成人”；而就心理方面而言，他们依然还是孩子。他们对异性充满好奇，由于心理的不成熟，他们的自控力较差，不能像成年人那样理智地控制自己的情感和行为，做出不应该做的傻事也在所难免。

前些时候，我的一个朋友就跟我诉说，她曾一度为她那处于青春期的儿子烦恼不已。她的儿子原本是个很乖，学习又很好的孩子，自从上了初二，感觉他好像变了个人，做什么事都心不在焉，学习成绩大幅度地滑坡。她终于从儿子的日记中发现了秘密。儿子暗自喜欢邻班的一个女生，可是没有胆量找人家女孩子。他又不愿意跟别人（包括自己的父母）说他的苦恼，因而很压抑，他就偷偷地上网看那些黄色的东西，聊以“自慰”，结果越陷越深。她这个做母亲的看着儿子整日魂不守舍的样子，又气恼又难过。她将家里的电脑封锁起来，给儿子定下诸多“不准”，譬如不准儿子上网，不准儿子看一些乱七八糟的书，不准儿子放学在外滞留，等等。如此诸多的“不准”并没有让儿子的境况有多大改观，儿子依然没精打采。她万般无奈，在知情人的建议下，带儿子去咨询某个研究青少年心理问题的专家。专家单独跟她的儿子推心置腹地谈了两个多小时。那天，回到家里，她感觉她的儿子眼里有了难得的神采。从那之后，她的儿子渐渐变得精神了，一切终究恢复正常。事后，朋友对我这样慨叹：“我儿子属于那种典型的青春期躁动，我这个当妈的却忽视了这点。我那时没少骂他，甚至还动手打过他。我回头想想，挺后悔的。我儿子其实也挺可怜，小小年纪，就扛着这么沉重的心理包袱。你想，他能快乐吗？”

朋友的话不仅道出一个母亲的苦心，也道出青春期孩子真实的成长状况。

我想到我也是一个母亲，我的儿子尚且年少，但青春已经在不久的将来等着他。让我的儿子在未来拥有健康、快乐的青春岁月，是我做母亲的应尽的义务和责任。我也想到我同时作为一个教师和业余作者，我更有义务和责任为我们青春期的孩子写点什么。曾经划过的青春轨迹，曾经十年的中学教师经历，跟一些青春期孩子面对面的接触，使我对青春有着极其深切的感受。这种感受促使我写出《青青果》这部小说。我在小说中写了一群鲜活的青春期孩子，写了他们成长中的快乐与烦恼。

我想借这部小说表达我真心的祝愿：愿我们的每一个青春少年都是健康、快乐、向上的阳光少年！

我也想借此小说表达我对青春期教育的几点浅显看法：

其一，要高度重视孩子的青春期性教育。比如让孩子了解男性和女性各自的生理构造及生理发育特点，使他们对于自己和异性有着比较客观的认识，从而消除对异性的神秘感。

其二，重视对孩子的生活教育。引导他们确定明确的生活目标，让孩子明白自己什么该做，什么不该做，逐渐培养孩子的自尊、自爱与自我责任感。

其三，要给孩子营造一个健康、自由、人性的成长空间。同时，要让他们远离各种低级趣味的读物，尤其要谨防来自网络的各色垃圾污染孩子的心灵。

2016 年夏于北京